AF194226

Franziska König

Drei Tage Bedenkzeit

Journal

**Realdoku
aus dem wahren Leben**

Meinem lieben Onkel Hartmut gewidmet!

BoD – Books on Demand
© Juli 2022 von Franziska König
Cover: Gemälde von Erika König „Die Schwüle einer Augustnacht"
Covergestaltung: Franziska König & Agentur Baumfalk Aurich
Herstellung und Verlag: BoD –Books on Demand Norderstedt
ISBN: 9783756232970

Franziska (Kika) mit ihrer Violine – fotografiert von ihrer lieben Freundin Ute Bott aus Rottweil.

„Wenn ich dereinst verstorben bin, so schweigt auch meine Violine!" sagt sie.

Drum bringt Franziska alle vier Wochen ein schlankes bis vollschlankes Taschenbuch heraus.

Erzählt werden Geschichten aus dem wahren Leben, die von erhöhtem Interesse sein dürften.

Jeden vierten Dienstag um 18.05 wird das fertige Manuskript in die Umlaufbahn entsandt.

Die meisten Vorkömmlinge
finden sich im Personenverzeichnis
am Ende des Buches

Hier die Familie vorweg:

Buz (Wolfram), unser Papa (*1938) Professor für
Violine an der Musikhochschule in Trossingen
Rehlein (Erika), unsere Mutter (*1939)
Ming (Iwan), mein Bruder (*1964)

Ein Buch ohne Vorwort.
Sie können gleich anfangen zu lesen…

August 2003

Freitag, 1. August
Aurich – Bad Bramstedt – Hamburg

Sonnig. Zum Teil sehr heiß

Vorwissen: Es tobte unser Musikfestival,
der „Musikalische Sommer in Ostfriesland

Mir schien´s, als wollten mir meine Träume ins Bewusstsein rufen, daß es weitaus verdrießlichere Lagen gibt, als jene, in der ich im wahren Leben stak: Zum Konzert nach Bad Bramstedt reisen zu müssen - im Gepäck die Ungewissheit, ob man wohl genügend geübt hat, und auf der Reise womöglich im Elbtunnel stecken bleibt?

Im Traume *standen wir vor einer großen Reise nach China. Das Auto befand sich jedoch in einem geschlossenen sehr hohen Raum ohne Türen. Aus einem Dachfenster gleißte in schrillem Weiß die Sonne herein, so daß man kaum etwas sah. Der Weg schien weit – bis über die sieben Berge hinweg, wo einst Schneewittchen lebte - und wir kamen einfach nicht los.*

In einer Ecke kauerte lauernd eine Spinne mit spitz in die Höhe gefalteten Beinen, und einem boshaften, verschlagenen Ausdruck im Gesicht. Plötzlich bewegte sie sich in unvorstellbarem Tempo auf mich zu. Ming schrie auf, und ich war wie gelähmt… Filmriss!

Dann wiederum spielte ich den langsamen Satz von Vivaldis „Herbst" auf meiner Violine.

Ich fand mein Violinspiel völlig normal, und hätte gar nicht gewusst, was man anders machen solle? Doch in Buzens Gesicht spiegelte sich eine Fassungslosigkeit, aus der ein Buzeskundler lesen konnte: „Was habe ich ihr eigentlich in all den Jahren beigebracht?? – Nichts!", und Rehlein bekam sogar einen ganz konsternierten Ausdruck ins Gesicht, der besagen sollte, daß es ihr völlig schleierhaft sei, was ich mir wohl dabei gedacht hätte, den Herbst derartig zu interpretieren?

Ich straffte mich innerlich, und nahm mir vor, es beim nächsten Anlauf besser zu machen. Allerdings sah ich beim zerknirschten Blättern in den Noten, daß sich im letzten Satz viele pittoreske Verzierungen befanden, die mir völlig neu waren, und die ich beim Einstudieren offenbar übersehen hatte.

Und dies, wo doch morgen abend um 20 Uhr in China bereits die Premiere stattfinden sollte, von der es hieß, sie sei seit Wochen bis auf den letzten Platz ausverkauft.

Nachdem ich aus diesen grotesken Traumgebilden hervorgetaucht war, erhob ich mich, und übte sofort, und hinzu mit einer ungekämmten Frisur auf dem Haupt los.

Ming, der zur Zeit bei seinen neuen Schwiegereltern, den Müllers, logiert, hatte sein gestriges Versprechen wahr gemacht, und war zum Frühstück erschienen.

Unserem derzeitigen Sommergast, einer Geigerin mit Namen Sharon aus New York, war über Nacht die Idee gekommen,   uns süße Gebäckstücke zu kaufen, und so wies ihr Ming den Weg zum Bäcker –

mehr noch: Als galanter Herr begleitete er sie dort bin, und später lagen zuckerverkrustete Schneckennudeln herum. Solcherart, wie sie der Erwachsene eigentlich nicht so gerne mag.

Vor der Türe standen immer noch die schönen weißen Rosen von Frau Lüvers, einer Dame, die von manischem Schwung getrieben, den ganzen Tag für uns durch Aurich wetzt.

Von Buz hatten wir erfahren, daß Frau Lüvers die Mitarbeiter der „Ostfriesischen Landschaft" (Buzens Untergebene) den ganzen Tag mit Kuchenstücken und kleinen Überraschungen zu verwöhnen pflegt.

Wie in der Geschichte vom gekochten Brei nehmen die Kuchenspenden kein Ende.

Zum Frühstück gerieten wir in einen Rückblicksphasenrausch, und schleppten Fotoalben herbei, um die Sharon an unserer Vergangenheit nippen zu lassen. Bei so manch einer Fotografie lachte sie verzückt und fröhlich auf: Zum Beispiel jener aus meiner Babyzeit, wo ich vergnügt in einem Teller sitze.

Nach einer Weile kam der Nachbar, Herr Groll, extra um die weitgereiste Sharon zu begrüßen.

Rehlein war es sehr peinlich, daß bei uns die BILD als nicht zu übersehender Zeitungssalat herumlag.

„Die hat die Franziska nur wegen dem Otto gekauft!" sagte Rehlein beschwichtigend.

„Das sagen alle BILD-Leser!" meinte Herr Groll. „Ein Grund findet sich immer!"

Herr Groll hat eine seltsame Ausstrahlung, so daß man in seiner Gegenwart nicht recht froh wird, doch ich bildete mir ein, er genösse es vielleicht unterschwellig, wenn man locker und lose zu ihm spricht?

Heute machte ich es mir mit der Packerei etwas leichter, indem ich mir ein reizvolles System ausgedacht habe. Auf der Ausloseliste stehen zehn Auslosepunkte solcherart:

1: Roten Koffer packen
2: Blauen Koffer packen
3: Rucksack mit Nützlichem befüllen
4: Haupthaar waschen u.a.

Dann drücke ich die Stopuhr, und tue das, was die letzte Ziffer der hundertstel Sekunden anordnet. Auf diese Weise wird natürlich eine Spannung erzeugt, die den Packreiz deutlich erhöht.

Im Musikzimmer probte Ming mit dem Schauspieler Theo S., und für ein köstliches Gedicht von Christian Morgenstern hatten sich die beiden Herren eine lustige Tuchhaube auf den Kopf gestülpt.

„Theo! Was ist deinem Zeigezeh widerfahren?" rief ich ganz erschrocken. Tatsächlich sah Theos dicker Onkel unter dem Sandalenriemen kurz und verstümmelt aus, und der Nagel fehlte ganz.

Erst gestern hatte ich mir die bedrückende Frage gestellt, wie man sich nach der Amputation eines Zehes wohl fühlen mag, und gab mir die Antwort gleich selber: Nach einer kurzen Phase des Jammers, streckt man dem Alltag wieder die Hand entgegen und lässt sich von der Zeit aus dem tiefen Morast heraushelfen. Und genauso erging´s dem Theo, der mit dem Zeh in den Rasenmäher geraten ist, von dem er wohl irrtümlich für ein Schwammerl gehalten worden war?

Ganz zum Schluß, als ich schon abfahrbereit war, fielen Rehlein noch ganz viele wichtige Dinge ein: Z.B. Sonnenmilch und Sonnenbrille.

Rehlein hatte mir zudem noch liebevoll ein Picknickpäckchen geschnürt, so daß ich mich auf gemütliche Picknickstunden freuen durfte.

Kurz vor der Autobahn nach Hamburg geriet ich in einen zähen Stau.

Plötzlich dampfte es unter der Motorhaube hervor. Man roch´s, und aufmerksame Autofahrer machten mich durch Gestikulierungen darauf aufmerksam.

Ich fuhr gleich rechts ran.

„Nun ist alles aus!" dachte ich seltsam gleichmütig, fast ergeben, als ich zur nahegelegenen ARAL-Tankstelle fuhr.

Die Verkäuferin konnte mir nicht so recht helfen, und so schleppte ich eine Gießkanne mit Kühlwasser zum Auto. Ein hilfsbereiter Bundeswehrsoldat aus Leer half mir. Das Wasser blubberte und kochte, und der junge Herr sagte Dinge wie: „Damit kommen Sie nicht mehr weit!" und riet, den ADAC anzurufen.

Ich fühlte die Liebe meiner Lieben in Aurich so stark. Jetzt wäre ich fast ums Leben gekommen, - liegengeblieben auf dem Weg zum Konzert.

Hinten im Auto befand sich die Mineralwasserflasche, die mich vor dem Vertrocknungstod auf der Autobahn bewahren sollte. Rehlein hatte die Flasche so liebevoll mit Zitronensaft befüllt und verfeinert.

Ich fuhr weiter, und das, was ich nicht mehr für möglich gehalten hatte, geschah: Das Konzert in Bad Bramstedt fand statt.

Bei den Verbeugungsvorgängen (Beamtendeutsch) hatte ich das Gefühl, Christian und Erika seien gar nicht gekommen, und obwohl ich die Erika noch gar nicht kannte, hätte ich gerade diese beiden als Rettungsanker in der Fremde so sehr gebraucht! Sie fühlten sich an wie Onkel & Tante, die sich auf mich freuen, und mich lieben. Zwei liebe Menschen, die mir mit Freuden Einlass in Haus und Herz gewähren würden.

Nach dem Konzert schien's zunächst so, als wolle mir niemand gratulieren. Einer Schildkröte gleich streckte ich fragend den Kopf aus dem kleinen Künstlerkabüff, und dabei lernte ich eine schüchterne Wissenschaftlerin kennen, und schwatzte ihr eine Visitenkarte ab, so daß ich sie jetzt jeden Tag anrufen könnte.

„Ich sammele Visitenkarten!" verriet ich.

Plötzlich schoss der Christian um die Ecke. Ich breitete die Arme aus. Nach so langer Zeit umarmten wir uns lang und tief empfunden - fast wie Ertrinkende - und mir tat es so gut.

Ich war schon sehr gespannt auf Christians Frauengeschmack, und vor dem Kirchportal lernte ich schließlich die Erika kennen, die mir auf den ersten Blick sympathisch war, und die mich mit einem Doppelbussi begrüßte, da sie bereits so viel von mir gehört habe, daß man sich die ganze Anwärmephase und die anstrengenden Fragen nach dem „woher, wohin, wozu?" schenken durfte. Ein gemütlicher Walrosstypus, wenn man sich etwas darunter vorstellen kann? Griffig und habhaft. Gutmütig und gemütlich.

Die Erika fuhr mit mir durch die Dunkelheit hinter dem Christian her. Unterwegs erzählte sie von ihrer Tätigkeit als Sprechstundenhilfe in einer Arztpraxis.

Schon bald trafen wir in einem Hamburger Randgebiet ein, und erklommen viele Stiegen zu einer kuscheligen Wohnung, in der es sich jedoch ein bißchen komisch und unbefriedigend anfühlt, daß dieses Ehepaar leider noch keine Kinder hat.

In der Kuschelecke löffelten wir ein köstliches Eis. Der Christian erzählte von seinem alten Vater, der schon 78 Jahre alt ist, und es am liebsten hat, wenn es draußen regnet, dieweil er leicht depressiv ist, und ihm der Sonnenschein als unpassende Kulisse für seine grämlichen und hadernden Gedanken scheint.

Samstag, 2. August
Hamburg – Aurich

Weißwölkig, zuweilen sonnig

Ich nächtigte in einem schlanken, kinderzimmer-
artigen Raum auf einer von der Erika so liebevoll
bezogenen Matratze. An der Wand hingen Fotos
und lustige Sprüche zur Hochzeit des reifen Paares
vor einigen Jahren.

Die Erika lebte bis zu ihrem 35. Lebensjahr als
Singlette und hatte gemeint, später im Seniorenheim
vielleicht doch noch jemanden zu finden, der zu ihr
passt. Doch dann begegnete ihr am Ende der Welt in
Neuseeland überraschend doch noch das Glück in
Form vom Christian.

Ich erhob mich äußerst mühsam. Meine Bewegungen für die Tageszurechtsattelungsauseinander-
faltung (Wort in Überlänge) schienen mir höchst
langsam. Am liebsten wäre ich wie ein kleines Kind
zu Christian und Erika ins Bett gekrochen. *So wie es
vielleicht bei den Ottens von gegenüber usus ist? Einmal in der
Woche herrscht Familienkuscheltag?* Und wer weiß?
Vielleicht hatten Christian und Erika ähnliche
Sehnsüchte?

Extra für mich, und weil ich aus Ostfriesland
komme, brühte der Christian Tee auf. Hie und da
spricht er in einer seltsamen, selbsterfundenen
Sprache, die etwa so klingt, wie das Geklapper eines

Vogels. Eine Sprache, die kein Mensch versteht. Scherzhaft meinte er, er habe das Tourette-Syndrom.

Die Erika ließ sich von ihrem „ChiMaxx" durchmassieren, (einem staubsaugerartigen Gerät.) Man legt sich auf den Boden, zwängt die Waden in eine Wadeneinzwängungsdelle hinein und wird – quasi wie von Ming – durchgerüttelt. Ich war begeistert, und malte mir gleich aus, wie ich Rehlein zu Weihnachten einen ChiMaxx schenke.

„Du siehst aus, als seiest du Epileptikerin!" sagte ich unreif, weil die Erika so durchgerüttelt wurde. Doch die unbedachten Worte reuten mich leicht, weil sie so wirkten, als wolle man sich über die Kranken und Gebeutelten hinter ihrem Rücken lustig machen.

Das Frühstück hielten wir auf dem Balkon ab. Man schaute auf eine riesige, gänzlich unbelebte Rasen-fläche, umsäumt von vielen, eher länglichen Backsteinmietshäusern für die gehobene Unter-schicht, und ich wunderte mich, daß man so gar niemanden sieht, und daß es so vollkommen leblos wirkte.

Obwohl Christian und Erika in einer so gemütlichen und kuschelig eingerichteten Wohnung leben, bauen sie dennoch zur Zeit für 105 000 €uro ein Fertighaus im Grünen.

Sie erzählten im Duett von ihren Freunden Sabine & Bernd, die eine total spannungslose Ehe führen, da sie beide so harmoniebedürftig sind. Die Erika geriet ins Tiefenpsychologisieren: Sabine lässt ihren

Frust über die Haut hinaus (Neurodermitis), und der Bernd wird ebenfalls von einem Leiden geplagt: Morbus Bechterew, so daß man zu dieser Geschichte praktisch an allen Ecken und Enden ein betroffenes Gesicht machen mußte.

Ich entpuppte mich (wahrscheinlich mehr vor mir selber?) als Gast mit äußerst güldenem Sitzleder, indem ich nämlich so wirkte, als gefiele es mir bei denen. Als sei ich endlich angekommen, und hätte nicht die Absicht, mich jemals wieder zu entfernen. Hie und da machte ich zwar Worte drum, daß ich „bald" gehen müsse, doch der Begriff „bald" ist dehnbar wie ein Strapsbändel, und erinnerte an den Opa, wie er vielleicht sagt: „Jetzt geh i bald ins Bett!" und dann noch stundenlang wach bleibt.

Spätestens beim dritten Ausruf dieser Art schaltet das Hirn des Gegenübers um, und denkt: „Hohle Worte. Nichts als hohle Worte!"

Die Erika strebte zum Markt, und wir Damen verabschiedeten uns ungewöhnlich herzlich, so als seien wir Schwägerinnen geworden. Völlig eifersuchtsfrei ließ mich die Erika mit ihrem „Göttergatten" (ein Ausdruck wie aus dem Tagebuch von Ute M.) allein, so daß wir jetzt theoretisch wie zwei Ertrinkende hätten übereinander herfallen können.

Ich erfuhr, daß Christian und Erika gern ein Kind hätten, und nicht zuletzt auch aus diesem Grunde in das neue Haus zu ziehen gedenken.

Dann brachte mich der Christian zum Auto und wirkte beim Abschied ergriffen und gerührt.

Zuvor hatte er mir noch eine Wegbeschreibung zur Autobahn mit auf den Weg gegeben. Doch kaum war ich losgefahren, da hatte ich auch schon links und rechts durcheinandergebracht.

Wie froh ich dann war, als es doch stimmte! Doch die Freude währte nur eine Weile, da ich bald darauf vor dem Elbtunnel im Stau stak.

Kurz vor fünf war ich daheim in Aurich, als durch großen Zufall auch der süße Ming in seinem rotebete farbenen Auto vorfuhr.

Ich bewunk die alte Frau Priwitz auf ihrem Balkon, doch das in die Jahre gekommene Knochengestell wunk nicht (mehr) zurück.

Aus unserem Anwesen traten Rehlein und Frau Girardot, um mich zu begrüßen. Die zierliche Frau Girardot stak in einem luftigen Sommerfummel, doch man sah, daß sie mit ihren 68 Jahren stark gewelkt ist, so daß man sie - im Gegensatz zum knusprigen Rehlein - nur noch mit größter Mühe erotisch finden kann.

Einmal sagte ich despektierlich wie eine freche Neunjährige: „Du bist doch jetzt schon so alt. Wie kommt es, daß du niemals „Biddö?" nach den Sätzen sagst?"

„Biddö??!" scherzte Frau Girardot, die glaubte, sich verhört zu haben.

„Naaaaaaaaaaaaaaaain!" wetzte ich die gewagte kleine Unverschämtheit mit einem warmen Ausruf wieder hinweg.

Obwohl ich nur einen Tag lang aushäusig war, kam's mir doch so vor, als sei ich ein ganzes Jahr lang weggewesen, und müsste mich jetzt mühsam wieder einleben.

Zu meiner Bestürzung mußte ich erfahren, daß Herr Budde von der gestrigen Aufführung ganz entsetzt gewesen sei. Er meinte, der Theo habe gar keine vernünftige Ausbildung genossen.

Rehlein berichtete weiter: Die Ulrike habe sich dem Theo gegenüber herrisch benommen. Rehlein will gar bemerkt haben, daß es die Ulrike nicht guthieß, als Rehlein auch einmal etwas Kritisches anmerkte, indem Rehlein mit einem leicht mißbilligenden Seitenblick bedachte wurde.

In jenem, wie dazwischengemogelten Stündlein des Tages, das man - auf einen sitzenden Menschen umgemünzt - jenem kleinen Stückchen Beinspeck, das mitunter zwischen Sockenende und Hosenbeinbeginn aufblitzt, gleichstellen darf, brachte Buz Herrn Budde mit, der wieder unentwegt vergnügt Schüttelreime aufsprach, und sich vor Heiterkeit schüttelte. (Satz in Überlänge).

Als Ming unsere Mozart Sonate übte, stand ich neben dem Flügel und sang die Violinstimme aus voller Brust heraus, wobei ich den Mund quadratisch öffnete wie eine Sängerin, die auf dem Musikmarkt hochgepuscht werden soll.

Sonntag, 3. August

Sagenhaft schön

Am Morgen erzählte Rehlein in freudiger Aufregung, daß ich heut ein Bauernfrühstück in Wiegboldsbur mitgestalten solle.

„Da spielt ihr euer Haydn-Duo – oder aber Du Deinen Ysaye!" schlug Rehlein vor. Rehlein spricht den Namen „Ysaye!!" immer so bezaubernd aus, da darin so viel Stolz mitschwingt, daß ich dererlei zu interpretieren verstehe.

So übte ich sofort los! Wir hatten gemeint, das Bauernfrühstück hübe um halb elf an, doch dann stellte sich heraus, daß das Spektakel erst um halb zwölf losginge.

„Aber dann ist es doch ein Bauernspätstück!" sagte ich.

Ming war ein bißchen traurig, daß ihn sein eigener Onkel Hartmut gestern nur unverbindlich mit einem knappen Händedruck begrüßt hat.

Wenige Minuten später kam der Onkel zu Gast.

„Wenn ich gewusst hätte, daß du kommst, so hätte ich wenigstens mein Haupthaar gerichtet!" rief ich verlegen, dieweil so ziemlich alles in unserer Wohnung – angefangen vom Frühstückstisch bis hin zur Aufmachung und meiner Vegetation auf dem

Haupt den Vorstellungen eines Formalisten geradezu diametral entgegenlaufen dürften.

Wenig später fuhren Rehlein, Britta und ich nach Wiegboldsbur. Die Britta, die einen ansonsten so munter zu beschnuddeln pflegt, war heut sehr schweigsam und in sich gekehrt, so daß ich mich frug, ob ihr meine Logorröh wohl auf den Wecker fällt?

„Um meine Logorröh zu dämpfen sage ich jetzt nur noch jede zehnte Sache, die gesagt sein möchte!" versprach ich in der Hoffnung, leicht witzig zu sein, und vielleicht ein Schmunzeln auf Brittas Gesicht zu zaubern – vergebens!

Schließlich fanden wir uns auf einem von der Sonne warmgebratenen Rasen wieder, auf dem einige Picknicktische und Büdchen aufgebaut waren.
Auch Buzens dralle Meisterschülerin Doris war herbeigereist, um Paganinis mörderische elfte Caprice zu interpretieren. Sie baue darauf, so erzählte sie, daß zu ihrer Darbietung laut geschwatzt würde.
An der Kasse saß eine sehr nette Frau, die ihr kleines Söhnchen mitgebracht hatte, das ganz artig in seinem Wägelchen saß: Eike, zehn Monate alt.
Wir alle bekamen einen Stempel mit einem Hühnchen auf den Handrücken gestempelt, der uns ermächtigte, am Büffée zu partizipieren.
Im Inneren einer Bude gab es allerhand zu bestaunen: Zum Beispiel einen künstlichen Sand-strand mit Schäufelchen und anderen kleinen

Aufmerksamkeiten für die Jüngsten unter uns. So geschickt neben einem atemberaubenden Strandbild in glitzerndem Sonnenschein angebracht, daß man meinen könnte, man absolviere einen echten Traumurlaub am Strand.

Im Künstlerzimmer tümmelte sich Herr Kleinberg mit einer ganzen Riege an teigigen Japanerinnen, und der vermeintlich Arrogante begrüßte mich so herzlich und überschwenglich, daß wir jetzt zur Stund die dicksten Freunde sind.

An der Art wie der Herr meine CD lobte, erkannte man die Tiefe seiner ehrlichen Empfindungen, die in dieser Form fast ausschließlich bei Japanern vorkommt.

Später gesellte ich mich hie und da zu einer Plaudergruppe, doch da ich´s aus Höflichkeit tat, waren es meist die falschen Plaudergruppen, und einmal dabeistehend war es natürlich nicht so leicht, sich wieder zu entfernen ohne unhöflich zu sein.

Zuerst stand ich mit dem Hartmut und dem Pfarrer Röbel da, später mit Ming und Herrn Budde, und Ming genoss es, ein gebildetes Gespräch zu führen. Die Herren sprachen beispielsweise über Tizian und die Malerei. Ich blickte auf das süße Baby von der Kassiererin mit seinen dicken roten Bäckchen, die man so gerne zart bebusseln würde.

Hie und da stellte ich mich in der Schlange an, drang jedoch fast immer nur bis zum Ostfriesentee vor, da es ständig latent hieß, wir sollten bald mit unserem Duo anheben.

Doch Ming und Rehlein waren so aufmerksam, und hatten mir je so nett einen Teller mit Köstlichkeiten zusammengestellt.

Dann huben Britta & ich mit der Darbietung an. Ich hätte so gerne gesagt: „Das folgende Werk möchte ich für meinen lieben Onkel Hartmut spielen, der heute unter uns sitzt!" Doch ich traute mich nicht. Stattdessen erlaubte ich mir einen anderen Scherz. Wie ein friesisches Mondkalb zählte ich knochenfrei: „Eins – zwei drei!" und die Britta scherzte: „Tempo hast du?"

Unter johlendem Gelärme spielten wir zwei Sätze, und ein unartiger kleiner Junge rief zwiefach: „Aufhören!" Hernach spielte die Doris Paganinis Elfte, und ich fand´s mittel bis gut.

Noch danacher bliesen die drei hefekloßartigen Japanerinnen, die von Herrn Kleinberg domptiert werden, angeführt von Herrn Kleinbergs zwölfjähriger dampfnudelförmiger Tochter, sogenannte „Leberkäsemusik", wenn man sich etwas darunter vorstellen kann. Musik zum Grillen, wozu man sich bestens unterhalten kann. Musik die erst dann auffällt, wenn sie verstummt.

Herr Kleinberg ist bei der Domptierung dieser Girli-Bänd sehr in seinem Element, und bewedelte die Gruppe dirigentisch, obwohl die kleinen Kinder drumherum so unkultürlich lärmten.

Das süße kleine Töchterlein vom Christoph war so glücklich und rief oftmals begeistert: „Sand!" und dann sprang sie in ein Loch hinein, so daß man das fröhliche kleine Kind nur noch zur Hälfte sah.

Im Künstlerzimmer plauderte ich mich mit den Kleinbergs fest. Ähnelnd dem Barometer im Auto beim Stau auf der Autobahn stieg unser Freundschaftsbarometer von dieser Plauderei beständig an. Wir tauschten Adressen aus, und ich scherzte, wie ich zu ihnen in die Hohnerstraße in Trossingen ziehe, um ein Jahr lang bei ihnen als Au pair girl zu arbeiten.

Abends frug ich Buz, ob ich das abendliche Konzert besuchen solle?

„Ich gehöre dir, und werde mich deinem Willen beugen!" sagte ich nett. Zwar hätte ich mich sehr über einen einsamen Abend daheim gefreut, doch nachher heißt´s, die „Geschichte vom Soldaten" sei einfach sagenhaft gewesen, und man steht, entgeisterten Kopfschütteleien der Anderen erbarmungslos ausgeliefert, als Kulturbanause da. Buz machte auch gleich diesbezügliche Worte drum.

„Ich frag ja nur…" sagte ich energisch.

Ich hatte große Angst, daß wir hernach wieder bis um zwei Uhr nachts beim Grafen Spee herumhängen würden.

In Emden tümmelten sich auf dem Friedhof bereits viele Kulturbeflissene. Meine Laune stieg sofort, als sich die Gruppe um Frau Girardot herum bereit erklärte, mich nach dem Konzert nach Hause zu bringen.

Oben auf dem Balkon nahm ich neben Rehlein Platz, und unten sah ich die Gerswind mit der kleinen Daaje sitzen. Die Daaje betrieb´s wie ich: Sie schmiegte sich haltsuchend an ihre Mama, und angeregt davon busselte ich ungeachtet meines fortgeschrittenen Alters immer wieder begeistert auf Rehleins Armspeck ein. Neben der Daaje saß eine Frau, die ausschaute wie der Fritzi, und zum Scherze malte ich mir aus, *der Fritz habe sich zur Frau umoperieren lassen.*

Und während Herr Budde noch einführende Worte sprach, fielen mir wie aus dem Nichts heraus zwei Schüttelreime ein:

Bei meiner letzten Ostfrieslandturnee
gab´s – man glaubt es kaum – nur Tee.

Kannst du mir den Mann im gelben Gewand ortnen?
Der gibt mir immer die klügsten Antworten
Was heißt denn „ortnen"? frägt sich hier der Hinterfragende.
Doch es ist ja nur wegen dem sauberen Schüttelreim.

In der Pause widmete ich mich Gerswind und Daaje. Die Daaje fand ein kleines Kettchen im Gras.

„Jetzt ist es mein!" sagte sie dichterisch. Die Gerswind lachte und meinte: „Da kommt der Fritzi durch!"

Ich schlug vor, daß die Daaje in der zweiten Hälfte, bevor es weitergeht auf die Bühne steigt, die Kette leicht anhebt und sagt: „Ich zähle jetzt bis drei, und wenn sich niemand meldet, so gehört dies Ketterl mir!" Und dann zählt sie rasend schnell.

Dann setzte ich mich neben den Onkel Hartmut, der gemütlich mit zwei Ostfriesen, mit denen er sich angewärmt hatte, an einem kleinen Tischlein saß und Wein trank.

In der zweiten Hälfte wurde die „Geschichte vom Soldaten" aufgeführt, die so originell von Götz von Ooyen in seinen roten Socken geschauspielert wurde. Das Publikum stand Kopf! Sogar eine Puppe blies er auf, und tanzte mit ihr herum.

Rehlein im Treppenhaus leuchtete vor Begeisterung und Entzücken. Sehr warm gratulierten wir auch der Mutter des Künstlers, Frau von Ooyen.

Montag, 4. August

Atemberaubend schön und heiß

Im Bad entstieg Buz dem Duschhäusl, und ich freute mich sehr, daß ich über die gestrige Geschichte vom Soldaten durch und durch überschwengliche und begeisterte Worte machen durfte, zumal ich Buz im Verdacht habe, mich im Verdacht zu haben, daß ich wie meine Mutter hauptsächlich ein Ohr für das Negative habe, und alles was nicht „Rothfuß"* heißt, überflüssig finde.

*Rehleins Ursprungfamilie

Und tatsächlich wurde Buz von meinen Worten sehr warm gestimmt, und lenkte nun die Blicke auf die vier Jahreszeiten, die heuer von vier verschiedenen Geigern interpretiert werden. Buz wünscht nicht, daß es hernach heißt: „Die Mechthild kann das aber viel besser!"

Sollten die Leute jedoch sagen: „Aber Doris und Gloria! (Kleine Verzückungspause) Das ist doch nun wirklich eine ganz neue Generation. Da kommen die Alten beim besten Willen nicht mehr mit." So wäre ich mir nicht sicher, ob Buzen diese Worte nicht doch gefallen würden.

„Vielleicht will Buz mich unbewusst vom Üben abhalten?" bangte ich, da Buz nun davon sprach, daß ich ihn am Nachmittag zum Fagottkonzert in Groningen begleiten solle, um den Musikalischen Sommer zu repräsentieren.

Ich übte gleich los, und quälte mich 45 Minuten lang auf der Geige ab, obwohl ein Teil von mir so gerne mit Buzen gefrühstückt hätte.

Doch von meinem Zimmer aus sah ich den Unermüdlichen in seinem luftigen Musiksommerhemd zum Auto streben.

Bald darauf frühstückte ich mit Rehlein.

Rehlein erzählte, daß Buz die Sharon gefragt habe, wie Herr Döner dirigiere?

„Gu-hut!" gab sich die kritische Sharon aus diplomatischen Gründen bedeckt.

„Wir haben schon ganz viele schlechte Dirigenten hier gehabt – aus politischen Gründen – viele Besucher haben sich beschwert!" plapperte Rehlein aus dem Nähkästchen, und Buz sei davon ganz unwirsch geworden, da er schon darauf eingeritten ist, daß sich Rehlein immer nur das Negative merkt.

Ich erzählte vom Dirigenten Gerd Albrecht, dem mal die Frage gestellt wurde, ob er inzwischen gut tschechisch gelernt habe? „Nein!" sagte er auf eine derart entzückend beschämte Weise, daß man ihn sofort ins Herz schließen mußte. Leider kam er nie dazu, tschechisch zu lernen, da er sich abends immer die Litaneien seiner Frau anhören mußte, der es nicht gefallen wollte, daß man nun bis auf weiteres in Prag lebte. Doch Gerd Albrecht beschloss sein Hirn umzuvernetzen, und die Litaneien und Jeremiaden seiner Frau als Kunstwerk anzusehen. Und so lebte das Ehepaar eben in Prag, ohne tschechisch zu sprechen.

Nach einer Weile besuchte uns Ming. Ming machte Worte drum, daß ich nicht so wunderlich werden dürfe, wie der Peter – indem ich mich von allem zurückziehe und nur noch Tagebuch schreibe.

Nach einer Weile probten wir Beethovens Klaviertrio op. 1 Nr. 2: Ein köstliches Werk. Doch es schien so, als wolle sich der Christoph in eine Diskussion über die Tempofrage hineinmanövrieren.

Ming hatte die Einleitung in einem sprich-wörtlichen Adagio interpretiert, und bereits nach dem ersten Durchspielen hatte ich mich so daran gewöhnt, daß es mir als einzig wahre und gültige Interpretation erschien.

Mitten in die in freundlichst kollegialem Tonfall geführte Tempodebattierung hinein sagte der Christoph etwas, das mich schier umhieb:

„Die alte Frau Dorn ist übrigens gestorben!" sagte er eher heiter, da in der Traueranzeige zu lesen stand, man solle nicht jammern, daß sie gestorben, sondern sich freuen, daß man sie gekannt hat.

Das Unfassbare hatte sich allerdings wie ein Lauffeuer verbreitet, so daß sich die Nachricht gleich zwiefach auf Christophs Anrufsbeantworter gesogen hatte. Immer wieder musste ich mitten in die Probenarbeit Fragen über die Verblichene einflechten. Zum Beispiel, wie tief die Trauer war? Mir ging so viel durch den Kopf. Beispielsweise, daß sie, die jetzt starr in der Aufbahrungshalle liegt, erst unlängst bei mir am Tische saß. Hernach sah ich sie nur noch ein allerletztes Mal an der Ampel am Lampengeschäft stehen.

Dann wiederum dachte ich darüber nach, wie es wohl sei, an einem so wunderschönen Tag heimgeholt zu werden?

Einmal blitzte der emsige, ewig umtriebige Buz auf. Ich benahm mich so, wie einst das junge Rehlein beim Esslinger-Opa, sprang auf, schmierte Buz ein Brot, und bekam auf meine Frage, was er sich drauf wünsche zwiefach keine Antwort.

„Liebst du mich?" frug ich plötzlich aus heiterem Himmel.

„Und wie!" sagte Buz nett.

Ich dichtete in meinem Zimmer im Schaukelstuhl, doch etwas störte meine Idylle: Ein Kratzgeräusch über dem Dachfenster. Mäuse, wie Rehlein später gemutmaßt hat.

Rehlein lag auf einer Matte im Garten und beschmökerte einen Roman, und bevor ich das Haus verließ, stopfte ich ihr die dreihundert €uro, die ich ihr noch schuldete, in Form eines Banknotenbündels zwischen ihre verknorzelten Zehlein, und brach zu einem Friedhofspicknick auf.

Doch meine Lieblingsbank, von der ich Rehlein so vorgeschwärmt habe, konnte ich heute nicht nutzen, dieweil darunter eine tote Ratte lag. So setzte ich mich auf die nächste Bank und schaute somit von einer anderen Perspektive auf die Grabsteine, die in einer atemberaubenden Wetterlage wie im fernen Australien, an Stuhllehnen in einem Konzertsaal erinnerten. Zuvor hatte ich bereits eine ausgehobene Gruft gesichtet, und sie der verstorbenen Frau Dorn zugeordnet.

Mit Frau Dorn endete ein „Kapitel Aurich".

Am Abend war ich hin- und hergerissen, ob man wohl einem Aufruf Buzens Folge leisten, und mit der Familie Kleinberg im Twardokus speisen solle?

Rehlein war vorausgefahren, und ich lief gemächlich hinterher, so daß sich der Leser schon denken kann, daß Rehlein vor mir binnen kürzestem pünktchenklein wurde, und alsbald verscchwand.

Schon durchs Fenster konnte man sehen, daß sich auch Frau Novakova, die einsame tschechische Klavierlehrerin, mit an den Tisch gesellt hatte.

Überraschenderweise hat Frau Novakova eine ähnlich angenehme Wellenlänge zu mir, wie die

Reinmachefee Frau Reimich in Grebenstein. Für mich verwandelte sie sich von einer lebensgedörrten Klavierlehrerin in eine Tastenfee, und interessiert erkundigte ich mich nach ihren Kindern, Maria (24 Jahre alt) und Adam (21 Jahre jung), die sich schon verselbstständigt haben, so daß Mutti Novakova kaum je daran erinnert wird, daß sie überhaupt Kinder hat.

Lachend erinnerten wir uns an einen gemütlichen Hebeabend in Trossingen im Jahre 1991:

Die dem ehelichen Einerlei in und aus der Tschechoslowakei frisch entflohene Frau Novakova spazierte einsam und ziellos durch die Straßen. Daheim hatte sie nur ihren mürrischen und verstockten Sohn, der, wenn überhaupt nur mürrische und verstockte Antworten zu geben pflegte, wenn seine alte Mutter das Wort an ihn richtete.

Da sah sie hinter dem erleuchteten Fenster eines Gasthauses zwei Damen beim Weine sitzen: Meine Freundin Ute und mich. Sie klopfte ans Fenster und bat, sich zu uns setzen zu dürfen. Eine Bitte, die man einem einsamen Menschen nicht abschlagen durfte, und so verbrachten wir einen gemeinsamen Abend in Dreisamkeit, und erfuhren von ihrem mürrischen Sohn und der sportbegeisterten Tochter, die sich einer entlegenen, gleichwohl jedoch sehr interessanten Sportart verschrieben hatte: Synchronschwimmen. Hierzu trägt man eine Wäscheklammer auf der Nase und eine enganliegende Badehaube aus Massivgummi, so daß vom Zauber eines jungen

Mädchens nicht viel übrig bleibt. Bei Wettkämpfen zwängt man sich jedoch in einen glitzernden Badeanzug.

Heute lachten wir darüber. Zwölf Jahre später arbeitet das Fräulein Tochter in einem Büro, und der Sohn hat seine Mürrischkeit wohl beibehalten, ist jedoch weggezogen um ein Studium zu beginnen, und hat sich bislang nicht wieder gezeigt.

Im Gegenzuge hierzu erzählte ich Frau Novakova von der Maus in meinem Zimmer, die man leider nicht einfangen kann, da sie mitten in der Wand lebt. So muß ich warten, bis sie gestorben ist. „Ich schlage im Lexikon nach: Lebenserwartung sechs bis acht Jahre," lachte ich verbindend.

„Hier in diesen Räumen hat die Tochter von unserem Deutschlehrer einst gekellnert", erinnerte ich mich, „Sonntags kam die ganze Familie zum brunchen, um die Tochter und Schwester beim Kellnern zu bewundern."

Ich war sehr gerührt, da meine Eltern der Familie Kleinberg von mir als Kleinkind erzählten, so daß die Kleinbergs mich nun von der Wurzel her kennen.

Herr Kleinberg fand die richtigen Worte für Buz als Pädagogen: Daß man aus dem Spiel der Schüler heraushöre, wie unglaublich viel Mühe er sich gemacht habe [aus Stroh Gold zu spinnen]← nein, dies was in eckiger Klammer zu lesen steht sagte er nicht, aber er *dachte* es, und dies war uns Ehre genug.

Ich aß einen köstlichen Salat mit Putenstreifen. Später radelte ich leicht fröstelnd heim.

Ganz spät wollten wir drei noch ein Glas Wein trinken, doch zuerst lief der Fernseher, und dann wurde Buz vom Telefon hinweggesogen. Rehlein wurde so unglaublich müd, und stellte dies auf übertriebene Weise zur Schau, indem sie geräuschvollst gähnte, und den Mund dabei bis zum Anschlag aufriss.

Dienstag, 5. August

Sagenhaft! (Sehr heiß)

Derzeit stecke ich in einem geradezu unfassbaren Gefühlschaos darüber, daß ich ständig das Gefühl habe „eigentlich" mehr üben zu müssen, um allem gerecht zu werden. Man möchte auswendig spielen und geniale, einmalige Interpretationen bieten, die selbst Hartgesottenen die Tränen in die Augen treiben, doch man hinkt allem hinterher. Sogar in meine Träume hatte sich diese Denkschablone geschraubt: *Ich saß in unserem Ofenbacher Haus, das allerdings viel schlanker und höher war, als im wahren Leben. Im Keller befand sich ein Kuschelsofa vor einem Fernseher, und ich wartete, in Müßiggang gehüllt, auf eine Sendung, die in einer Stunde beginnen sollte. Da dachte ich mir beim Warten aus, daß ich diese Stunde doch lieber dazu nutzen solle, die 15-Minuten Stopuhrmethode zu praktizieren.*
Zwei Türkenkinder aus dem Dorf hatten sich neugierig in unser Haus geschlichen, und spazierten einfach darin herum. Ich benahm mich den Beiden gegenüber so ungeheuer

36

unterschiedlich. Dem einen Kind verpasste ich im Vorübergehen immer wieder eine verärgerte Kopfnuss, während ich zu dem anderen so liebevoll und zärtlich war, wie Rehlein gemeinhin mit Kindern umzugehen pflegt.

Dann aber erhob ich mich, um sofort loszuüben. Nach zirka neun Minuten trat Rehlein in mein Zimmer, um mich rührend schüchtern zu bitten, ob ich wohl gleich mit ihr frühstücke, wenn Buz das Haus verlassen hat?

Dem plauderfreudigen und interessierten Rehlein war es mit unserem Familienoberhaupt schlicht zu langweilig.

„Ach, ist er schon gegangen?" frug ich auf eine an den Opa erinnernde Art, und Rehlein antwortete, daß er im Geiste schon lange gegangen sei.

Tatsächlich saß der frühstückende Buz unten auf seinem Stammplatz und war so langweilig, daß es wirklich kaum zu fassen war. „Daß ihm das nicht selber peinlich ist?" sagte ich laut. Andererseits mußte man aber auch bedenken, daß heut Buzens großer Tag war: Die beiden Meisterklassenabschluß-konzerte in der Aula des Gymnasiums, denen Buz seit Wochen entgegenfieberte.

Rehlein nagelte Buz darauf fest, wie die ganze Familie Rothfuß (Rehleins Ursprungsfamilie, wie bereits an anderer Stelle zu lesen) einmal so entsetzt darüber war, wie Buz einen Pfirsich verspeist hat. Na, der Leser wird´s sich denken können: Buz versaubazzelte seine Kleidungsstücke und sein Gesicht dabei über und über.

Doch nun vertrug Buz diese, durchaus in nettem erheiterndem Tonfall vorgetragenen Anekdoten nicht, und dabei hatte Rehlein sie - wider besserer Erfahrung – nur angebracht, damit sich Buz endlich mal zerknirscht und einsichtig zeigen möge.

Buz zieht es immer ganz schnell von Rehlein und ihren Ermahnungen hinweg, da sein wahrer Platz offenbar woanders ist. Doch entfernt er sich dann aus Rehleins Aura, so glätten sich die Wogen in seinem Inneren ganz schnell, und Rehlein wird in das Doc „Nette Verwandte, über die man im Alltag nicht groß nachdenkt" verschoben.

Nach einer Weile kam die Sharon zum Frühstück, und Rehlein redete wieder ganz viel, und war nicht zu bremsen, obwohl wir doch erst gestern darüber nachgedacht hatten, ob es die Sharon vielleicht grauslich finden könnte, wenn jemand so ungebremst redet?

Die Sharon bat um die Erlaubnis, auf unsrem PC ihre Mails zu checken, und erzählte hernach, daß es mit ihrem Zukünftigen, einem Herrn namens James Unstimmigkeiten gegeben habe. Verärgert hatte man ein bißchen hin- und hergemailt, und war auf keinen gemeinsamen Nenner gekommen. Beim Erzählen bekam die zukünftige Ehefrau sogar einen konsternierten Ausdruck ins Gesicht, der mich an die Tante Debbi erinnerte, wenn sie morgens ungenießbar ist. Es ging um jenes Thema, daß man manchmal etwas, das der andere gesagt hat, völlig anders versteht. Ein Phänomen, das schon so manch eine Ehefrau zur Weißglut getrieben hat. Wenn man beispielsweise ein gut funktionierender zuverlässiger Mensch ist, - und die Sharon als Orchestermusikerin mit blütenreinem Zeugnis ist dies ohne jeden Zweifel - über den sich noch nie jemand beklagt hat, und der Partner sagt ganz deutlich: „Wir treffen uns um elf Uhr!"

Doch um elf wartet niemand.

„Ich habe gesagt 14 Uhr!" behauptet dieser Niemand später, nachdem er sich wieder in einen Jemand verwandelt hat. Schon beim erstenmal ist man ganz entgeistert, doch wenn dies öfters passiert?

Ming erzählte uns später, daß der Künftige von der Sharon aus dubiosen Familienverhältnissen stammt: Mutter verrückt und im Narrenhaus….die Sharon hat ihn über eine Annonce kennengelernt, da ihr Wunsch nach einer eigenen Familie so stark war, und eine so üppige Frau an der jedes Kleid zwickend und formlos wirkt, vielleicht nicht gerade wie eine warme Semmel weggeht?

Mir schien´s, als würde ich jeden Fetzen Zeit zum üben nutzen, und währenddessen wurde ich auch noch von den „Bildschirmschonern" von gegenüber unterhalten.

Die Ina ist noch immer mit ihrem neuen Freund liiert, und hinzu so tief empfunden, daß die beiden Hand in Hand, mit Picknickkörben behangen auf ihr Anwesen zuliefen. Damit verschwanden sie kurz im Haus, um alsbald mit üppig gefüllten Körben wieder hervorzutreten.

Sogar die Eltern folgten dem Paare, da vorallem der Maukorbbärtige, der ja - ähnelnd mir – nichts rechtes mit sich anzufangen weiß, die jungen Leute immer gern angemessen herzlich verabschiedet, und mit guten Wünschen und Ratschlägen eindeckt. Doch das verliebte Blondchen ging nicht groß darauf ein, sondern bebupfte ihren welkenden Eltern nur einmal kurz und pauschal die Wange.

Mittags gab´s ein köstliches Müsli mit Pfirsich-schnitzen, und während noch aufgetischt wurde, übte der emsige Ming die ganze Zeit auf dem Klavier.

Bloß weil heute Buzens Abschlußkonzert(e) stattfinden sollten, von denen allgemein angenommen wurde, sie dauerten zusammen acht Stunden, bildete ich mir gleich ein, nicht mehr gescheit disponieren zu können.

Um drei Uhr übten wir mit dem Christoph unser Beethoven-Trio.

Mir fiel ein köstlicher Scherz ein:

An jener einen Stelle, wo ich zum drittenmal in Folge ein etwas bäuerliches Rubato tätigte, sollte der Christoph in engagierter Unzufriedenheit an mir herumdirigieren, und dann stecken wir uns beim Subito-Forte überraschend die Zunge raus.

Etwas muß (will) noch nachgetragen werden:

Daß heut der obligate Jahresbesuch von Anna J. mit ihrer immer größer werdenden sehr ansprechenden Familie stattfand.

Vati Jan-Dieter hielt die kleine Karla auf dem Arm, und sogar ihn begrüßte ich mit einer Umarmung, obwohl man uns strenggenommen kaum als lose Bekannte bezeichnen kann.

Das kleine Baby war so freundlich und lächelte Rehlein so nett aus dem zahnlosen Säuglingsgesicht an.

Leider konnten wir uns dem so reizvollen Besuch kaum widmen, da wir noch mitten in der Probe staken. Und dann kam ja auch noch um elf Uhr die Maria.

Die Maria als junge Mutti freundete sich nahezu augenblicklich mit der kleinen Familie an, und nannte die kleine Merle sogar „Schatz!"

Während der Bratschenstunde plapperte die fröhliche, junggebliebene Maria ständig über Außerpädagogisches, wie beispielsweise über das Konzert in Münkeboe, und wie sehr ihr die Bratscherin dort imponiert habe.

Am Nachmittag besuchte ich das erste Konzert der Meisterklassen, und war sogar per pedes in der sommerlich erhitzten Stadt unterwegs. Ein Wettlauf gegen die Zeit begann, da ich ja die Doris mit Beethovens vierter Sonate genießen wollte. Ich schaffte es, und als ich ankam, blies soeben jemand auf dem Fagott.

Ich saß neben Thomas H., und hätte so gern seinen flauschigen Wadenspeck berührt.

Die Doris, begleitet von Peter Barcaba am Klavier spielte sagenhaft. Bewundernd schaute ich auf sie mit ihrem spitzen Näschen drauf, das dem Gesicht einen etwas überehrgeizigen und schwäbischen Anstrich verpasst.

Ich gratulierte mit der größten Wärme und sagte gar: „Der Geist Beethovens schwebte im Raum!"

Aufgeheizt von der Schönheit der Musik und der Erkenntnis was es für ein Genuß sein kann, ein Konzert zu besuchen, zeigte ich mich einige Stunden später gar in der zweiten Hälfte des zweiten Konzerts.

Ich saß in der ersten Reihe, und Folgendes gab´s zu bestaunen: Das japanische Fagott-Trio bzw. Fagotto-Turio, angeführt von der zwölfjährigen Sumo-kämpferin Rie K., hernach den Chinesen „Rong", einen 19-Jährigen mit schwarzer Brokkolifrisur, der völlig enthemmt Ravels Tzigane darbot. Frau Novakova mit quadratisch schlapp hängender Frisur wirkte wie eine Reinmachekraft, die konzentriert einen Schrank auswischt.

Hernach spielte Lisas Schwester Angela, eine undurchschaubare Frau mit leicht unheimlicher Ausstrahlung, solcherart, als wolle sie die Tasten alle auffressen, etwas von Albeniz, doch mir gefiel es nur mittel.

Mittwoch, 6. August

Heiß und wunderschön

Am Morgen erhob ich mich, um <u>sofort</u> loszuüben, obwohl ich während des Übvorgangs wie der „curious george" (ein lustiger kleiner Affe aus einer fesselnden amerikanischen Kinderbuchserie, die ich als Kind verschlungen habe) regelrecht darauf brannte, die Ohren dem bannenden Frühstücksgesprächsstoff entgegenzurecken.

Doch ich nagelte mir selber die Pantoffeln an, und setzte mir kleine Teilziele, die ich zuvor noch erreichen mußte, da ja das schlechte Gewissen, wegen meines vermeintlichen Übmangels seit geraumer Zeit mein ständiger Begleiter ist.

Doch dann bratschte unten jemand butterweich auf, und ich hatte mich zu früh gefreut.

Der Axel war's, und ihn, der mir am Telefon immer so auf den Wecker fällt, begrüßte ich mit großer Wärme, und der Axel freute sich riesig, weil ich so nett gesagt hatte, es klänge sagenhaft.

Buz wollte wissen, ob ich wohl die Vivaldi Probe um zehn Uhr zu besuchen gedächte? Jetzt war's bereits 9:38, so daß ich mich sputen mußte.

Als Geigerin drängt sich einem ständig die ungute Vorstellung auf, daß man vielleicht gleich zu seinem eigenen Ärger ganz jämmerlich in die Ohren des Dirigenten hineinspielt, in der Peripherie auf einen entsetzte Buz draufschauend, mich selber nicht verstehen können. („Ich dachte, du hättest geübt??

Ich würd´s mir doch wenigstens mal anschauen!") ←
dies sagte wörtlich genau in diesen demütigenden
Worten Buz in mir zu mir selber.

Tatsächlich ging´s am Vormittag etwas hektisch zu.
In der „Ostfriesischen Landschaft" wußte niemand
mehr, wo ihm der Kopf stand, und diese hektische
Unruhe übertrug sich durchs Telefon sogar auf uns.
  Zuerst rief das Julchen an, um mir zu sagen, daß
ich in der Orchesterprobe erwartet würde, und dann
rief die Mitarbeiterin Conny, die heuer leider nicht so
besonders gut drauf ist, an, um zu vermelden, daß
auch der Axel in der Orchesterprobe erwartet würde,
doch der Axel probte ja gerade mit Ming seinen
„Harold" und ging ganz in dieser Aufgabe auf.

Einmal richtete ich an die Sharon genau jene
Worte, die ich in Rehleins Ohren bereits für sie
generalgeprobt hatte: Daß sie nämlich, statt den
James lieber den Dodik heiraten solle. Tatsächlich ist
die Sharon leicht verliebt in den Dodik, während ihr
am James bereits Zweifel gekommen waren.
  Sie könne - so ich in meinem besten englisch –
den Dodik fragen, ob er sie wohl heiraten mag?
Vielleicht sagt er: „Gib mir drei Tage Bedenkzeit!"
Und wenn er nach Ablauf dieser drei Tage „Nein!"
sagt, so ist immer noch der James da.
  Tatsächlich wird der Dodik daheim eine Vor- und
Nachteilsliste aufsetzen: Nett, musikliebend / zu dick. Im
Stillen beschließt er „Ja" zu Sharons Angebot zu sagen, falls
die guten Eigenschaften überwiegen sollten – und dies tun sie

zweifelsohne. Pünktlich, zuverlässig, reinlich, still und sanft…

In der Küche unterhielt ich mich mit Ming über das gestrige Absolventenkonzert. Ming war tief beeindruckt. Die Faust-Fantasie schien ihm sehr sattelfest, doch ansonsten hatte Ming die Doris im Verdacht, ganz eine Herbe zu sein.

Ming erzählte, daß die Sharon seine Worte ernstgenommen habe, und nun etwas länger in Europa bleibt. Vielleicht fährt sie gar zusammen mit Ming und Julchen in den Italienurlaub?

Um halb vier pickte mich der Christoph zum Konzert nach Borger in den Niederlanden auf.

Im Auto erzählte ich, daß es Gidon Kremer einst so ergangen sei, wie der Sharon: An einem Abend in der Kneipe wurde er vom Virus der Liebe erfasst. Zu seiner Frau Tatjana sagte er vage: „Es gab da eine Begegnung! Mehr kann und will ich zum jetzigen Zeitpunkt nicht darüber sagen."

Einmal stieg der Christoph spontan aus, um mich am Ortsschild „Erika" zu fotografieren.

Dann erzählte er von der Beerdigung von Frau Dorn.

„Heute ist Frau Dorns erste Nacht in der Gruft!" sagte ich leicht pietätarm, doch man weiß ja, daß nur ihr irdisches Gewand dort liegt.

Auf der Heimfahrt wurde der Christoph gar geblitzt, und dabei durfte er sich doch gerade über 200 €uro freuen.

Kurz vor ein Uhr in der Nacht war ich daheim. Der bettwarme Buz trat aus der Türe, und auch Rehlein war noch wach. Man spürte den eigentümlichen Reiz, wie es ist, wenn das Fräulein Tochter mitten in der Nacht von einem Konzert zurückkehrt.

Donnerstag, 7. August

Am Morgen quellbewölkt,
doch bald wurde es sonnig. Sehr heiß

„Gestern" — zu später Stund´ — hatte der bettwarme Buz zu meiner unbändigen Freude sogar noch gesagt, ich hätte den Sommer von Vivaldi so bezaubernd gespielt. Das freute mich ungemein.

Leider hatte im Musikzimmer bereits die „Harold-Probe" mit dem Axel begonnen, so daß man praktisch nie ohne Lärmuntermalung frühstücken kann. Der Axel spielte allerdings so innig, fand ich. Sein butterweiches Bratschenspiel sog die Ohren der Speisenden an. Hinter dem Teelicht schimmerte Buz.

Rehlein sprach von einer Überraschung, an die niemand gedacht hätte. „Omi verstorben?" packte mich ein Schreck — aber hierfür klang Rehlein einfach *zu* freudig, auch wenn man die Erlösung einer neunzigjährigen Dame eigentlich als etwas

Freudiges werten darf, zumal sie doch schon bei der 80-jährigen Frau Dorn als Gnade empfunden worden war.

Die Überraschung: Der Storch hatte Thomas H. und seiner Frau Andrea in der Nacht ein kleines Töchterlein gebracht: Klara-Maria.

Wenig später brach ich zur Probe auf: Dvoraks Streicherserenade im alten Bahnhof.

Auf mich als Probende wartete eine Pein:
Ständige Unterbrechungen wegen Banalitäten und das Orchester intonierte jämmerlich wie die sonntäglichen Kirchgänger in ihren Gesängen.

In der Pause wusste ich nicht so recht, wo und wie ich mich aufstellen sollte? Dies passiert mir öfters. Um mich herum bilden sich geschlossene Plaudergrüppchen, und ich scheine nirgends so recht dazuzupassen. So stellte ich mich kurz neben den Christoph, der wild und enthemmt auf einem fremden Cello spielte, und lud den vor sich Hinsäbelnden im Laufe der Pause einfach über Rehleins Kopf hinweg zum Mittagessen ein, da sich organisatorische Probleme aufgetan hatten. Ich sollte mein Auto in die Werkstatt von Herrn Friese bringen, und gleichzeitig sollten wir um 14.00 im Alten Bahnhof, am Ende der Stadt proben. Und so hoffte ich, den Christoph auf diese Weise dazu zu motivieren, mich nachher in seinem Auto mitzunehmen.

Dann schaute ich kurz auf den Ivo mit seinem leicht rotgebratenen Gesicht. Doch ich sagte mir: „Nein! Dem habe ich mich gestern schon gewidmet. Maß halten ist das Maß aller Dinge!"

An jenem Geländer vor dem träge daliegenden Bahnhofsvorplatz stellte ich mich in den Windschatten von der Margarethe. Interessiert befrug ich sie, wie es wohl neulich war, als sie nach vier Tagen wieder nachhause kehrte?

Die Kinder standen verlegen am Bahnsteig und interessierten sich nicht sonderlich für die Heimkehrende, da soeben die lärmende Straßenkehrmaschine vorbeifuhr, die ihnen deutlich interessanter schien. Ich erfand gleich weitere Geschichten dazu. *Wie die Margarethe nämlich hörte, wie der Leopold über sie sagte: „Papa, wer ist die fremde Frau?"*

Später beim Mittagessen verbog ich die Geschichte sogar noch weiter. Er habe gesagt: „Papa, wer ist der fremde Mann?" da ja die Margarethe mit ihrer Kurzhaarfrisur z.Zt. wie ein Mann ausschaut. Dann sprach ich davon, wie man die Kinder doch theoretisch erstmal in dem Glauben aufwachsen lassen könne, sie seien adoptiert. Und wenn sie dann 18 sind, offenbart man ihnen die Wahrheit.

Nach der Pause wurde die Dvorak-Serenade weitergeprobt, doch diesmal nahm ich's als Orchesterpicknick und trank dazu Tee aus der Thermosbuddl, so daß ich über jede Unterbrechung froh war, da mir der Tee ja sonst erkaltet wäre.

Die Sonne flutete in den Raum, ich dachte an die alte Frau Dorn, die ihre erste Nacht in der Gruft hinter sich hat, und fühlte mich der Verblichenen ganz nah.

Ausgerechnet heut, wo ich doch den Christoph eingeladen habe, hatte Rehlein ganz wenig gekocht. Später sagte ich zum Christoph: „Seit vierzig Jahren wartet meine Mutter darauf, daß ich mal einen Herrn zum Essen mitbringe, und jetzt bringe ich endlich einen mit!"

Und dann kam sogar Buz zum Mittagessen nach Hause. Eine Seltenheit und Kostbarkeit für uns, so wie es früher für das niederländische Volk eine Seltenheit und Kostbarkeit war, wenn Prinz Claus sich in der Öffentlichkeit zeigte.

Ich genoss die Mittagsstunde mit meinen Lieben unendlich. Der Christoph beschwärmte mein gestriges Konzert, und meine lieben, lieben Eltern wurden durch diese Worte froh, stolz und dankbar gestimmt. Buz wurde wach und fröhlich, und erzählte, daß ich in jedem Konzert anders spiele. Anders als ein normaler Geiger, der sich als Interpretierender in ein strenges Konzeptskorsett hineinzwängt, wirkt es somit ein wenig so, als würde ich das Publikum mit Selbstersonnenem beplappern, und mich von meinen eigenen Eingebungen über- raschen lassen.

Der Christoph hatte sich sehr entspannt gefühlt, weil er gemeint hatte, Ming käme hierher zum Proben. Doch Ming wartete im Alten Bahnhof. So fuhren wir mit großer Verspätung hin, und sprachen davon, daß ein normaler Mensch immer verliebt sein müsse, bzw. darüber, daß der fast 70-jährige ständig verliebte Pastor Röbel energetisch wie ein Wirbelwind sei.

Das Glasportal des Alten Bahnhofs, vor dem der wartende Ming stand, war leider abgesperrt.

Ming als Mann, der die Fäden gerne selber in die Hand nimmt schlug vor, daß wir doch bei uns zuhause üben könnten, und radelte gleich los. Doch keine 15 Sekunden später kam schon die Dame mit den Schlüsseln, nach der gerufen worden war, und Buz rief mit sich fast überschlagender Stimme hinter Ming her – vergebens!

So fuhren Christoph & ich wieder in die Graf-Enno Straße zurück.

Wir probten alsbald los, und als der Christoph dem Ming erzählte, wie toll ich gestern gespielt habe, leuchtete Ming so entzückend auf, weil der liebevolle und warme Ming sich so schön für andere mitfreuen kann.

In der Kirche von Stapelmoor probten wir das Beethoven-Trio öffentlich, und mir fiel wieder ein lustiger Spaß ein: Daß der Umblätterer Ming an einer entsprechend passenden Stelle an den Schulterblättern packt, und wild durchrüttelt.

Später brachten wir all die lustigen Scherze im Beethoven Trio auch an, doch die Leute lachten nur kurz und ganz vereinzelt, da es ja heißt, Beethoven sei „ernste Musik". Sogenannte E-Musik, und da dürfe man nicht lachen.

In der Pause frug ich alle Leut: „Habt ihr unseren Scherz bemerkt?" Doch viele hatten gar nichts bemerkt. Nur der kleine Hendrik sagte: „So etwas übersehe ich doch nicht!"

Freitag, 8. August

Sagenhaft schön und ganz heiß

Am Morgen plagten mich trotz meiner Johannes-krauttablette dumpfe Depressionen. Die Tablette dämpfte vielleicht solcherart, wie eine Spritze beim Dentisten den Schmerz, aber hinter der Dümpfe der Dämpfung spürt man den Schmerz eben doch.

Ich versuchte, alle glücksvernebelnden Docs in meinem Gehirn zu löschen, und drückte im Geiste beherzt auf JA! „Wollen Sie dieses Doc wirklich löschen?" Doch wie ein Computer, der einem eine lange Nase zu drehen scheint, leuchteten die Sorgen immer wieder auf.

Vor der Orchesterprobe um zehne fühlte ich Bänge. Furcht vor dem verdünnten Schmerz der Langeweile, die mich beim Proben zu beschleichen pflegt. Die ständigen Unterbrechungen zerren an meinen Nerven, verweben sich in meine Träume, und nach einer Weile fühle ich mich an wie ein

Spaziergänger, dem beständig Knüppel in den Weg geworfen werden.

Buz war bereits in den Tag hinaus entwichen, und da mein Auto in der Werkstatt stand, sah ich keine Möglichkeit, pünktlich zu erscheinen, und so duckte ich mich erstmal im Windschatten der Teetasse und zog Kraft aus den Plaudereien mit Rehlein über folgende Themen:

Lachend glaubte Rehlein, daß die Luisa gestern - strahlend schön wie Königin Silvia – ins Konzert gekommen sei, um Ming zurückzuerobern? So sei Ming in eine Zwickmühle geraten. Jahrelang hat man vergebens eine passende Frau gesucht, und nun werden ihm gleich zwei davon serviert, so daß man als Mann genötigt scheint, eine Liste mit Vor- und Nachteilen anzufertigen, und die beiden Frauen gegeneinander abzuwägen. Etwas, was jedoch die vereinzelten Frauen rabiat stimmen würde.

Aber vielleicht ergeht es so manch einem Herrn mit einem derartigen Zurückeroberungsangebot auch so, als habe man beispielsweise fest zugesagt, für dreißig €uro beim Pastor Röbel in der Kirche zu musizieren, („und du lässt mich bitte garantiert nicht hängen?!? Da wäre ich nämlich höchst ärgerlich!") und dann kommt genau für dies Datum ein Angebot der Berliner Philharmoniker?

Rehlein meinte locker, ich solle den Herrn Bildschirmschoner von gegenüber fragen, ob er mich wohl mit dem Auto geschwind zum Alten Bahnhof bringen könne? Der Herr täte dies gewiss gern, dieweil er als Kurzarbeiter doch nie etwas zu tun hat? Er solle sein Mobiltelefon lediglich immer auf „stand by" geschaltet halten, und tatsächlich ruft hie und da der Chef an und sagt: „Kalle! Ich muß ejm auf Toilette – ob du mich wohl mal eben eine viertel Stunde lang vertrejten kannst?" Dann eilt der Bildschirmschoner hin, steht eine Weile am Tresen von VW, um darauf zu warten, daß vielleicht jemand kommt und einen Schlüsselanhänger kauft? Doch meist kommt niemand.

Ich traute mich aber nicht zu fragen, und rief stattdessen Ming in der Schillerstraße an. Julchens Mutti hob ab, und klang so nett und frisch.

Der süße Ming gelobte, gleich zu kommen und mich hinzufahren, doch noch bevor Ming eintraf, kam Theo S. zu Besuch.

„Welch gütig´ Geschick kreuzt meinen Weg!" sagte ich wie im Theater, da der Theo sich nun meiner erbarmte. Im Auto erzählte er von seinem sechstägigen Arbeitsurlaub auf Norderney, wo man die Gedichte von LORD Byron, die heut abend auf englisch in Marienhafe vorgetragen werden sollten, ins Poetische übersetzt habe. (?)

Buz hatte meine Worte ernstgenommen, und wohnte dem Probengeschehen bei.

In letzter Sekunde tauschte ich meinen Außensitzerplatz mit Buzens serbischer Studentin Nataša, da ich mich mit meinem Nichtkönnen nicht vor Buzen entblößen wollte.

Bald darauf war Buz ganz konsterniert, da meine Bogenführung diemetral zur Herde lief: Waren alle

Bögen verschwunden, so ragte meiner in die Höh –
und umgekehrt! Buz wurde davon ganz fuchsig, und
betonte über und über, daß man die Striche gescheit
eintragen und synchronisieren müsse, da es sonst
ausschaue, wie bei einer Horde Kindergärtler!

Die Sonne schien so berührend herein, doch ich
wurde etwas nachdenklich und traurig, weil ich mir
vorstellen musste, wie´s wohl sei, wenn der süße Buz
in einigen Jahren vielleicht schon verstorben ist?
Noch ist er da, und in ein paar Wochen reist Buz mit
großem Engagement und Enthusiasmus nach China.

Ich dachte über die so passenden Worte von
Herrn Kleinberg über Buzens pädagogische
Bemühungen nach: Man höre sofort heraus, was er
sich für eine Mühe gemacht habe…doch bei diesem
Gedanken wurde ich sogar noch ein bißchen
trauriger.

Im Geigenkasten von Buzens Studentin Margot
schimmerte das Foto eines Herrn, und ich erfuhr,
daß es sich um ihren Vater handelte, der vor vier
Jahren an Krebs starb.

„Ein her<u>vor</u>ragender Musiker!" sagte die Margot
stolz über den weißhaarigen Herrn, und färbte sich
vor Verlegenheit über diese bombastischen Worte
heiß und rot ein. Schließlich vollführte sie tän-
zerische Bewegungen, um ihrer Verlegenheit Herr zu
werden.

Für heute hatte ich mir meine liebe Freundin
Margarethe zum Mittagessen einladen dürfen, und

als ich noch am Fenster stand und auf der Violine übte, sah ich plötzlich, wie sich in einem hochglanzpolierten schwarzen Auto fast surreal zwei rote Hosenbeine spiegelten. Und tatsächlich: Die Margarethe war´s.

„Darf ich Dir ein Küßchen geben?" sagte der süße Ming so warm zur Margarethe.

Wir erfuhren, daß Ming heut so viel organisatorischen Ärger hatte, daß er innerlich noch immer dampfte. Der Axel hatte z.B. eine ganze Stunde lang nur rumtelefoniert, und seine Frau Beatrice stand herum und sagte: „Ich versteh´ überhaupt nichts mehr!"

Das Julchen meinte, daß der Axel sehr elegante Bocksprünge beim Denken zu machen pflegt. Wenn er beispielsweise hört, daß die Kika zuhause ist, so denkt er gleich: „Da kann ja die Kika auf die Fanny aufpassen!" *Er stellt die dreijährige Fanny einfach vor unserer Haustüre ab und sagt: „Bleib schön brav stehen!" und ruft mich von unterwegs mit dem Händi an.*

Das Julchen hatte sich beim Cembalotragen verhoben, und nun tat ihr der Rücken weh.

Ming erzählte, daß die armen Praktikanten die ganze Zeit erbarmungslos herumgescheucht würden.

Kunstvoll massierte er dem Julchen den schmerzenden Rücken.

In der flirrenden Mittagshitze fuhr ich in Opas Karosse zur Vivaldi-Probe. Heute saß ein etwas undurchschaubarer holländischer Cembalist mitten im Orchester, und ich fand meinen Sommer so sagenhaft, daß ich mich durch die Sinne der Mitspieler regelrecht bestaunte.

Auf dem Weg durch die glühende Hitze zum Auto besann ich mich drauf, daß Senioren ab 65 doch beständig gewässert werden müssen, da sie bei diesen Temperaturen sonst plötzlich tot umfallen. (Der jähe Hitzetod – und in diesem Sommer sterben die Senioren wie die Fliegen.)

Ich öffnete eine sprudelnde Mineralwasserflasche, und als Buz aus der Tür zum Seitengebäude trat, schnellt ihm meine barmherzige Hand entgegen, die das labende Erfrischungsgetränk umschlang.

In Buzens Schlapptau lief die Doris.

Zu dritt unterhielten wir uns so nett. Zum Beispiel über das ansprechende Buch von Gidon Kremer, das mich so begeistert.

Friedel und Rosa waren zu Besuch gekommen, und ich freute mich so sehr über sie, auch wenn wir Königskinder pausenlos beschäftigt waren, und kaum Zeit für die Gäste herausschinden konnten.

Die Rosa hatte uns einen Kuchen gebacken, und der Friedel hatte Rehlein einen Heißwasserkocher als Gastgeschenk mitgebracht.

Als ich eine Weile lang im Duschhäusl verschwunden war, und schließlich wieder an Land trat, waren alle Erwachsenen ins wahre Leben hinaus entwichen. Vom Fenster aus sah ich Buz hinwegfahren. Von ihm bin ich es ja gewöhnt, doch daß sich Rehlein einfach so aus meinem Leben hinfortstahl?

Samstag, 9. August

Drückend heiß und doch wunderschön

Zur Zeit herrscht eine mörderische Hitze, so daß man teilentblößt und hinzu bei offenem Fenster nächtigt.

Gegen halb sechs am Morgen schien das Wetter plötzlich alt und grau zu werden, und mir schien's als würde ich Stimmen hören, die immer lauter wurden. Es handelte sich um eine Horde lärmender Jugendlicher die sich, an ein <> Zeichen auf einem Notenblatt erinnernd, zunächst herbeiwälzte um schließlich wieder im Nichts zu verschwinden. Ein Takt in der Symphonie des Lebens.

Beim Frühstück war Buz rasend genervt, weil Rehlein im Bannkreis von der Sharon so unglaublich viel redete – und hinzu in ihrem zweifelhaften Englisch. Die Sharon scheint in Rehlein eine ungebremste und unbeherrschbare Logorröh auszulösen. Tatsächlich hörte es sich durch Buzens Ohren an, als würde Rehlein pausenlos über Stock und Stein drauf losplappern. Die Sharon stöhnt innerlich vielleicht auch schon ein bißchen über Rehleins Redeschwall? Ich aber war stolz auf das süßeste und so lebhafte Rehlein.

Fast wäre ich mit Buzen nach Reepsholt gefahren. Einfach nur, um eventuell abwiegelnde Worte auf einen zu erwarteten Dampfablass Buzens gegen Rehlein zu machen. Ich fuhr dann aber doch mit Friedel und Rosa, und als ich im Auto saß, hoffte ich sehr, Buzens Grimm würde sich ganz von selber auflösen, und in liebevolle Rührung verwandeln, zumal Rehleins Geschichten doch eigentlich immer äußerst packend sind.

Die Probe im Kircheninneren begann mit Mechthilds „Frühling".

Die Mechthild erinnerte mich so sehr an ihre Mutter, wenn sie denn mal durch den Jungbrunnen gezogen würde, und im Geiste sah ich Mechthilds Mutti vor dreißig Jahren, *wie sie sich einen Joint dreht.*

Dadurch, daß sehr viele Leute zum Bühnengeschehen hinschauten fühlte ich eine leise Nervosität, spielte aber „ganz gut".

Später sagte Buz, daß ich nicht so hüpfen solle wie eine Zweijährige. „Dann wird man nämlich nicht mehr ernst genommen!" sagte Buz gar mit Verschwörermiene.

Ich übte in warmem Zefirwind auf dem Friedhof hinter der Kirche. Manch ein Vorbeikömmling warf mir ein zehn-Cent-Stück in den Kasten, und einmal trat der Ivo auf mich zu, und wollte wissen, ob ich das neulich ernst gemeint habe?

Doch ich hatte vergessen, was ich ernst gemeint haben soll? Der Ivo half meiner Erinnerung auf die Sprünge: Als wir unlängst gemeinsam durch den Friedhof liefen, hatte ich über die vielen erloschenen Seelen gesagt: „Die haben es gut. Die haben es hinter sich!"

Das habe ich schon ernst gemeint, doch nun plauderte ich eher lose mit dem Ivo über diesen traurigen Themenaspekt.

„Es ist schad und schön in einem, wenn man verblichen ist!" sagte ich.

Herr Döner, der Dirigent führte uns Herumstehenden vor, wie er das Dach von seinem todschicken silbernen Auto durch einen simplen Knopfdruck zum Verschwinden bringen kann, und verschwand selber.

Meine liebe Freundin Margarethe hab ich hernach noch zum Mittagessen mitbringen dürfen, doch davon wurde es bei uns direkt zu voll und ungemütlich, da Friedel, Rosa und Sharon auch noch zu Tische saßen.

Die Margarethe erzählte uns, daß sie bei der Familie Wallert nächtigt. Die Eltern sind verreist und die Margarethe hat lediglich die Auflage, ein Auge auf die beiden leicht mißratenen 16- und 17-jährigen Söhne zu halten.

Die beiden Nichtsnutze rauchen Hasch, trinken Korn, drehen die Hifi-Anlage bis zum Anschlag, empfangen dümmliche Artgenosseen, die nicht mehr nach Hause gehen, und pfeifen auf all das, was ihre neue Aufpasserin sagt.

Sonntag, 10. August

Brütend heiß und wunderschön

In der Stube saßen Friedel, Rosa und Sharon. Die beiden Ersteren noch im Nachtgewand, da es bei uns derzeit so chaotisch ist, und man immer sehr lange warten muß, bis das Duschhäusl frei ist, denn in unserem Duschhäusl – dies weiß ein jeder – ist man Raum und Zeit enthoben.

Und doch erschien uns in diesem so chaotischen Becken an unterschiedlichsten Temperamenten der Gedanke so reizvoll, wenn Rehlein & Buz noch mehr Kinder hätten.

Der Friedel frug so leuchtend: „Soll ich die Rosa heiraten?" Worte, die einen Erlebniskick bargen.

Gar zu lange sollte man nicht zaudern, wenn man das Haus mit fröhlichem Kinderlachen füllen will, meinte Rehlein, da es für Kinder doch viel schöner sei, *junge* Eltern zu haben.

Am Vormittag fühlte ich mich nutzlos. Ich versuchte, nützlich zu sein, doch es blieb beim gut gemeinten Versuch, und das Gegenteil von gut ist „gut gemeint". Ich brachte lediglich ein ganz kleines bißchen plan- und sinnloses Vivaldi-Geübe für das Abschlußkonzert zustande.

Nach einer Weile bettete ich die Violine in den Kasten zurück, und begab mich mit Rosa und Friedel auf einen Sommerspaziergang.

Rosa und Friedel als voreheliches Gespann haben eine dahingehende Wellenlänge zu mir, daß eher geschwiegen wird, bloß fühlt sich das Schweigen anders an, als jenes mit Buzen. Es handelt sich um ein entspannendes, wohliges Schweigen in stiller Übereinkunft – während man in Buzens Aura angestrengt nach interessanten Konversations-eröffnungssätzen rumkramt – meist vergebens – und sich schuldig fühlen muß.

Einmal lernten wir ein paar Kühe kennen, die sich dröge auf dem Gras niedergelassen hatten.

Die Kühe lagen so gemütlich herum, und ihr Leben hätte schön sein können, doch sie wurden so entsetzlich von Fliegen gepeinigt, und schauten uns an, als wollten sie sagen: „Tut doch was dagegen, Ihr ach so klugen Menschen!"

Daheim zeigte uns der Friedel etwas Schockierendes auf dem Computer: Den Daumen eines Herrn, der von einer Springspinne gebissen worden war. Einem Tier, das es gottlob nur in Südafrika gibt, - doch böse Hände könnten jederzeit ein paar Springspinnen in Südafrika einsammeln, und im Büro verteilen?

Jedenfalls konnte man die Entwicklung des gebissenen Daumens sieben Tage lang verfolgen, und am siebten Tag war der Daumen total verfault und einfach abgestorben. So sprachen wir über dies´

sehr verbindende Thema, und davon wurde mein Energietank leicht aufgefüllt.

Hernach galt´s Abschied zu nehmen.

Erst im September haben Friedel und Rosa wieder Urlaub, und mit der Rosa hat man sich mittlerweile so angewärmt, als sei es eine Verwandte ersten Grades.

Abends fuhren wir zum Konzert nach Reepsholt. Das Auto wurde voll: Rehlein, in ihrem Kleid wie eine Vase aussehend, fieberte dem Ereignis freudig entgegen, und sogar die Bärbel von nebenan nahmen wir mit.

Dadurch, daß die Sharon vorne neben Buzen saß, bekam Rehlein augenblicklich eine Logorröh, und nach einer Weile machte ich den Vorschlag, zehn Minuten zu schweigen. „Ge, tu an Bapa net reizen!" sagte ich auf bayrisch. Die Bärbel war so nett und wollte gleich freiwillig mitschweigen. Rehlein wurde nach zehn Minuten vom vielen Schweigen jedoch etwas grantig, bzw. schweigesüchtig, denn die Schweigerei schürte ihren Groll auf Buzens Ungerechtigkeiten, so daß sie jetzt weiterzuschweigen versuchte, *obwohl* sie Schweigereien blöd findet, denn dies kennt man ja noch allzugut von Omi Mobbl, die ihre Lieben zuweilen mit Schweigen strafte. („I sag gar nichts mehr")

„Ist dir nichts aufgefallen?" rief ich fröhlich zu Buzen hin. Doch Buz war nichts aufgefallen.

Am Abend standen die vier Jahreszeiten auf der Agenda.

Dem süßen Ming war es solch ein Herzensanliegen, daß ich toll spiele. Sogar meine leicht verschwitzten Hände beblies der süße Schatz. Ming meinte, man solle für den lieben Gott spielen, und genau dies nahm ich mir vor.

Mechthild, ich, Doris und Gloria bildeten die vier Jahreszeiten.

In der ersten Reihe saß ein asiatisches Pärchen, und das Mädchen versuchte mit seinem blasierten Schmollmund Beschützerinstinkte in ihrem Galan zu wecken.

Unser Vortrag wurde mit heißem Applaus bedacht.

Hernach gab´s im Garten eines Landgasthauses einen Empfang. Der Ivo lächelte amüsiert, weil ich gesagt hatte: „Dort drüben liegen Illustrierte – falls keine Stimmung aufkommt."

Auf dem Rasen standen lauter Rundtische, so daß es spannend wurde, wie sich die Magnetströmungen wohl ausbreiten würden, und wer sich wohl zu wem gesellt?

Schon während des Orchesterspiels hatte ich mir Gedanken über den Klavierstimmer Timo B. gemacht: Den Mann mit dem angenehmsten Händedruck der Welt, der darüber hinaus jedoch nicht sonderlich interessant zu sein scheint. Aber wer weiß? In diesem Sommer schaut er so sorgenvoll aus, wie ein Welpe, bzw. ein Konzertpianist, der nach seinem Exitus als Welpe wiedergeboren wurde, und alles andere als froh darüber ist. Die Sorgen scheinen ihn zu benagen und wollen keine Ruhe geben. Wie bei reifen Frauen üblich, machte ich mir Gedanken dahingehender Natur, wie es wohl wäre, wenn der Timo der Neue an meiner Seite wär? Jetzt hätte ich Gelegenheit gehabt, mich neben ihn zu stellen, um zu fragen, warum er wohl so traurig aussähe? Warum er seine Stirn in Dackelfalten gelegt hat, die ihm einen ausgesprochen törichten Anstrich verleihen? Doch ich traute mich nicht.

Die Gloria, die heut so schmissig den Winter interpretiert hatte, orderte einen Rotwein und nutzte hierfür Worte von der Bärbel, die ich ihr mal beigebracht hatte: „Ich bin so frei – ich nehm´n Rotwein!" Schließlich saß ich mit ihr und Rehlein an einem ganz wackeligen Tischlein, und mit dabei saß ein fremder Herr. Wir erfuhren, daß die Gloria ihr geschliffenes Deutsch bei Buz gelernt hat.

Dann gab´s eine große sentimentale Verabschieder- und Umarmerei. Der Bus vor dem Gasthofsparkplatz, der einen Großteil des Orchesters einsammeln sollte, strahlte eine Flughafenatmosphäre aus.

Montag, 11. August

Drückend heiß, so jedoch wunderschön anzusehen.
Am Abend zogen Wolkenschwaden auf

Immer wieder wehte mich folgender Gedanke an
den Timo an: Jetzt hat es *ihn*, den Klavierstimmer,
der sich immer so selbstlos um eine gute Stimmung
bemüht, selber erwischt: Das Schicksal hat ihn
verstimmt, und der Beruf des Menschenstimmers ist
bislang nicht verbreitet. Nur ein Lottogewinn oder
eine neue Liebe könnte ihn wieder froh stimmen.
  Doch dies sind dahingeplapperte hohle Worte, die
so nicht stehen bleiben sollten.
  Dann erhob ich mich, und schon vor der Treppe
konnte man hören, daß heut eine gute Stimmung
herrschte: Buz & Rehlein lachten fröhlich in Sharons
Ohr hinein, dieweil die Zeitung Ming einfach in
„Iwan Richter" umbenannt hat.

Bald darauf rief der Onkel Andi an, und es lag
bereits in der Luft, daß es sich um einen ernsten
Anruf handelte, da Buz, der freudig gespannt den
Hörer abgehoben hatte, ganz still wurde. „Ob die
Lisel wohl verstorben ist?" mutmaßte ich bang.
  Wenn´s denn so wäre, so würde es dem Andi so
gehen, wie einst Hong-Kong: Nach dreißig Jahren
Middecke-Dynastie würde er somit an uns zurück-
fallen.

Ich schnappte was von „Anzeige wegen Körperverletzung" auf, und wir erfuhren, daß unser lieber, süßer Onkel zusammengeschlagen worden ist.

Rehlein und ich hätten am liebsten hemmungslos geweint!

Später saß Rehlein dann am Apparat, und lauschte dem Telefonat des Onkels. Zunächst sprach der Onkel allerdings davon, daß Rehlein es nicht weitermailen solle, da schon einmal eine Mail Rehleins – wenn auch ausgewalzt um viele Ecken – für Verwirrung gesorgt hatte:

Als die Lisel vor einigen Jahren müde und abgespannt aus Amerika zurückkehrte, fand sie in ihrem Läptop eine Mail vom Beätchen, in welchem, wenn auch humorig verbogen, die Rede davon war, daß der Andi die Lisel heimlich betrüge.

Rehlein hatte den Brief beantwortet, und mitsamt Beätchens Unterbau der Verwandtschaft zugemailt.

Doch strenggenommen hatte ja der Andi selber den Stein ins Rollen gebracht, indem er nämlich seinen einen Brief mit dem Passus „Meine Frau hat mich verlassen!" betitulierte! Dies verstanden wiederum die Zwillinge miss... und das Brieflein vom Anderle war doch bloß als launigen kleiner Scherz gedacht, da die Lisel eben alleine nach Amerika gereist war.

Der fleiß´ge Ming half heut den ganzen Tag lang selbstlos den Praktikanten bei der Arbeit, bloß damit das Julchen morgen fertig ist, und er es mit nach Oberstdorf in die Ferien nehmen kann.

Nach einer Weile schauten Rehlein und ich die „Lindenstraße" an. Überall herrschte solch ein verdrießender Streß, daß man seinen eigenen amüsiert aus der Distanz betrachten konnte.

Meine eigenen Sorgen waren vergleichsweise mild: Die Autowerkstatt Friese bat um Rückruf, und ich erfuhr, daß mein Auto mit einem Zylinderkopfriss allerfrühestens am Donnerstag fertig wäre. Eine Weile lang spielte ich mit dem Gedanken, mein Konzert in Rerik abzusagen, dann wiederum dachte ich mir etwas Albernes aus: Ich finanziere Ming und Julchen von meiner Gage einen Mietwagen, und fahre mit Buzens BMW, den Buz eigentlich den jungen Leuten versprochen hatte, wenn sie ihn dafür mit bis nach Grebenstein nähmen.

Frau Lüvers hatte tütenweise Geschenke für uns gekauft, und in die Tüte für das Julchen war ein flauschiger Kuschelpapagei hineingestopft, falls Ming mal abwesend sein sollte.

In unseren Tüten befanden sich teure Duschgels und schwere Parfüms.

Frau Lüvers stand mit Rehlein vor dem Haus und plapperte, und ich erfuhr, daß das kleine abgegriffene Hündchen von Frau Lüvers böser Schwiegermutter Annelise Ming gebissen habe, so daß der besorgte Ming erstmal zum Arzt fuhr.

In meinem Gehirn hatte sich die Idee ausgebreitet, mit Mings Rostlaube nach Rerik, und anschließend ins Vogtland zu fahren.

Mittags war das Julchen so erschöpft, denn es hieß, die Praktikanten würden 16 Stunden am Tag unfreundlichst herumgescheucht, und die Massen an noch Aufzuräumendem wären einfach ungeheuerlich!

Als ich das Haus verließ, schimmerte das kleine Polarhündchen „Burschi" als Vorbote von Frau Lüvers herbei, und tatsächlich: Über die Hecke schien ein kleiner grauer Frisurenrest herbeizurollen. Frau Lüvers war´s - mit dem Rollator.

Frau Lüvers brachte ganz viele Abendessutensilien, die sie extra für uns gekauft hatte. Doch es wird immer mehr, und Frau Lüvers, im Kaufrausche steckend, findet kein Ende mehr. Wie in der Geschichte vom „gekochten Brei" kennt niemand das magische Wörtchen, das sie zum aufhören bewegen könnte.

Im Zentralcafé lernte ich heut einen Versicherungsvertreter von der Mannnheimer-Hamburger kennen, der unser Eröffnungskonzert besucht habe, und mir seine Visitenkarte zusteckte, falls vielleicht jemand von uns an einer soliden Altersvorsorge interessiert sei?

Dienstag, 12. August
Aurich – Ostseebad Rerik

Angenehm von mild-freundlichem Sonnenschein.
In Rerik allerdings leicht diesig –
aber schön warm

Ich träumte viel: *Z.B. daß sich an meinem Strumpf auf Wadenhöhe ganz rapide eine Laufmasche ausbreitete, und dabei handelte es sich um einen so wunderschönen Strumpf der Firma „Triumpf" den ich extra angezogen hatte, um Buzen eine Freude zu bereiten.*

Schließlich zog ich mich an einem imaginären Bändel ins Tagesgeschehen hinein, dieweil ich für 11:29 meine Reise nach Rerik terminiert hatte. Ming hatte mir freundlicherweise Opas blunzefarbenen VW zur Verfügung gestellt.

Buz lag heut sogar in Rehleins Bett, und ihm steht morgen etwas Unglaubliches bevor:

Mit Rehleins Segen darf er mit seiner Flamme, der Gloria, bis nach Grebenstein reisen, und ich konnte mich nicht bremsen, und *mußte* einen albernen Scherz anbringen: Wie nämlich die Koreanerin beim ersten Halt ihre schlanken Arme um Buzens Hals schlingt um auszurufen: „Kuatsche nicht! Küsse mich!"

Rehlein erzählte von ihrem gestrigen Schwimmgenuss am See. Sie habe die Nora beobachtet, und fand sie eigentlich ganz süß. Über die Christiane sagte Rehlein allerdings mit Bedenken, daß sie nun tatsächlich sehr aus dem Leim gehen würde –

Rehlein stieß einen demütigenden Pfiff aus, den die Christiane gottlob nicht anhören mußte. „Das ist ne 70 Kilo Frau!" mutmaßte Rehlein gar, nachdem sie die „Aus-dem-Leim-Gegangene" im Badeanzug „bewundern" durfte.

Den kleinen Hendrik fand Rehlein ganz schlimm. Er sei so wild gewesen und habe mit Steinen nach seinem Schwesterlein geschmissen – und hinzu ins Gesicht gezielt, bis es geweint hat. Rehlein schritt engagiert ein und sagte: „Ich hau dir gleich eine Ohrfeige hinab, du Lümmel!"

„Das sind doch keine Steine. Das ist doch bloß Matsch!" sagte der Hendrik und schmiss dreist weiter, so daß man ihm hier an dieser Stelle – nach fast zwanzig Jahren – am liebsten nachträglich noch eine langen würde.

Als Buz kam, hat's ihn tatsächlich nicht lange bei uns gehalten, weil wir einfach keine Haftkraft auf ihn ausströmen. Buz erbot sich, die Zeitungen zu holen, um die vier Jahreszeiten seiner Schülerinnen, journalistisch aufgearbeitet, noch einmal nachzukosten.

In der Zeitung konnte man sodann lesen, daß gestern in der Schweiz eine 80-jährige Geisterfahrerin auf der Überholspur angehalten hat, um die Straßenkarte zu studieren. Beim Vorlesen machte ich meinen Eltern vor, wie sie die Karte umgedreht hat. Wir mutmaßten ein bißchen herum, daß eine so alte Dame ihren Führerschein womöglich nicht wiederbekommen wird?

Dann entschwand Buz schon allzu bald.

„Ich esse in der Markthalle!" hörte man ihn zu Rehlein sagen, als sei´s seine Mutti – da Buz die Gesellschaft des torfig, erdschweren Landschafts-mitarbeiters „Dirk" jener Rehleins offenbar vor-zieht?

Zweimal besuchte ich die Autowerkstatt Friese, wo mein Auto, ähnelnd meinem betagten Schwieger-schüler Herrn Schinke, mal wieder einen Spital-aufenthalt absolvierte.

Schließlich packte ich Opas blunzefarbenes Auto, das es wohl auch nicht mehr lange macht. Rehlein zur Freud packte ich sogar mein Hupfseil ein – griff-bereit lag´s nun im Kofferraum.

Dann telefonierte ich mit Rerik, um meine Ankunftszeit durchzugeben. Etwas verdrossen war ich darüber, daß meine neue Herbergsmutti Frau Siegert am Telefon so unpersönlich und neutral klang. Sie sagte nur „ja" und „gut", und vom Mutterbusen hinweggerupft fuhr ich somit nur nüch-terner Neutralität entgegen.

Rehleins besorgter Blick begleitete mein klappriges Auto ein bißchen, während ich ganz pünktlich abfuhr. Doch meine Pünktlichkeit wurde gleich zu Beginn leicht verwässert, da meine Sonnenbrille im Auto bei Herrn Friese lag.

Herr Friese zeigte mir schon das nächste Desaster: Einen Riss im Autodarm, den zusammenzunähen („Dies ist Sache meiner Frau!") auch wieder gut und gern 200 €uro verschlingen würde.

Könnt natürlich auch sein, daß Herr Friese, ein Wolf im Schafspelz, dem Schlauch diesen Riss selber beigebracht hat?

Ich holte die Sonnenbrille aus dem handschuhfach, und fuhr weiter. Angestrengt versuchte ich die versäumte Zeit aufzuholen, indem ich bereits die erste Pause erbarmungslos strich.

Einmal rastete ich aber doch unter dem großen Sonnenschirm einer Raststätte, und las in der BILD, daß Bankräuber Degowski - 15 Jahre nach seiner Untat, und mittlerweile 47 Jahre alt – zweimal im Jahr Ausgang bekommt, damit er den Bezug zur Realität nicht ganz verliert.

Am Nachmittag traf ich in Rerik ein.

Vor dem Gemeindehaus stehen zwei riesige, wellig gebogene Bänke wie aus einer Schiffskajütte, und auf der einen lies ich mich nieder um zu dichten. Manchmal kam ein stiller, freundlicher Hund herbei und streifte meine Bank. Die vorbeistreifende Aura hatte etwas Wärmendes, und einmal setzte er sich in meinen Windschatten. Ein so wundervoller warmer Sommerabend!

Nach 21 Uhr schlenderte ich gemütlich ins Reriker Nobellokal „Zur Linde".

Lauter liebe fromme junge Leute waren unterwegs, um eine Bibelfreizeit abzuhalten.

„Morgen wollen wir zusammen kochen!" sagte einer animierend, „und hernach ein bißchen musizieren!"

Ich nahm an einem hohen Einzeltisch Platz, von dem aus man durch ein Glasfenster auf einen anderen Tisch draufschauen konnte.

Bei einem höflichen Kellner bestellte ich Mattjes-Variationen, und schon zum zweiten Mal im Leben war ich mit diesem Lokal nicht so ganz zufrieden. Es schmeckte nämlich schlicht „wie in der Markthalle" (in Aurich). ← Für Buz zwar offenbar die Variante eines Vorparadieses, doch dies nur, weil er dort stets ein paar Spezis antrifft. Ein Feinschmecker würde sich krümmen wie unter Peitschenhieben, oder gar wie der Professor Kebap beim Hören der miss-glückten Interpretation eines Kulturschänders auf dem Klavier.

Und dennoch gefällt´s mir hier in Rerik un-glaublich. Der Sommerstress ist fast unbemerkt an mir abgeperlt.

Plötzlich vermisste ich den süßen Ming. Die Vermissung packte mich mit klobigen Händen unsanft an und beutelte mein schmächtiges, für das Weltgeschehen bedeutungslose Ich, das in eine sterbliche Hülle eingepfercht auf einem Hochtisch in der „Linde" saß.

Ich erinnerte mich, wie Ming zu unserem un-ehelichen Großvetter Florian gesagt hat: „Komm, laß dich drücken!" und fand´s so rührend.

Mittwoch, 13. August

Meist wunderschön sonnig.
Starker rauschender Wind

Ich schlief so sagenhaft gut, daß ich mich gar nicht vom Schlafesgeschehen trennen mochte, obwohl doch das verlockende Frühstück in meinem Stammcafé auf mich wartete.

Schließlich frühstückte ich in meinem Stammcafé das Gedeck Nummero zwei, obwohl ich das Ei einfach stehen ließ, so daß es ganz umsonst gelegt worden war.

Bezeichnend für den heut´gen einsamen Urlaubstag war meine Appetitlosigkeit, bzw. die diffuse Lust auf gar nichts.

In der „Bild" las ich ein Interview mit Verona Feldbusch über die demnächst erscheinenden Memoiren von der Naddel – ihrer Nachfolgerin an der Seite von Dieter Bohlen. Die Verona sagte immer bloß verhöhnend „Naddelchen", so daß es die Naddel heut vielleicht innerlich zur Weißglut treibt?

Am Vormittag übte ich im Künstlerzimmer der Kantorin Anne M. sehr emsig Violine. Zu Beginn spielte ich ganz fantastisch, so daß ich es Buz gerne hätte wissen lassen: Kaum erhole ich mich einen Tag lang, so ist die alte Qualität wieder da!

Leider ging es mir nach einer Weile nicht mehr so gut. Vielleicht bekam mir das Wasser nicht, das ich gegen die sengende Hitze alle 15 Minuten lang aus der Leitung trank. Mir war leicht übel, und ich fühlte mich so angestrengt, daß ich mir, wie schon so oft, vorstellte, in dieser Hitze ganz plötzlich, wie eine Eintagsfliege deren Zeit auf Erden abgelaufen ist, zu versterben.

Ich dachte an die Omi in Grebenstein, weil ich mir kaum vorstellen konnte, daß ein so welker Mensch diese Hitzewelle wahrhaftig überleben kann?

Nach zwei Stunden lief ich in den Supermarkt. Ich kaufte mir ganz viele medizinische Lutschbonbons, Magnesium, Calcium, für Herz und Muskeln, und in dieser Ecke des Supermarkts mit all den heilbringenden Lutschbonbons und Tees bekam man richtig Lust auf Krankheit und Siechtum.

Dann besuchte ich wieder mein Stammcafé, auch wenn man meine Bestellungen dort nur schwerlich als „Ernährung" bezeichnen kann. Ich bestellte ein Mandelhörnchen, ein gemischtes Eis und einen Kaffee.

Einmal trat ein Herr an den Tresen, der alles, was er haben wollte, negativ ausdrückte – so, wie man es laut „Glückformel" eigentlich nicht sollte: „Brötchen habense nicht, oder?"

Ich hatte mir schon vorgestellt, *daß die junge Bibelgruppe mich einfach wie selbstverständlich in ihre Aktivitäten mit hineinverwebt. Am Nachmittag würden wir sogar ein Spiel von Hansa-Rostock besuchen?* Doch in Wirklichkeit war ich hier völlig anonym und einsam.

Ich hielt ein Friedhofspicknick ab, und saß auf einer Bank in flirrendem Sonnenschein und warmem Zefirwind. In einem Journal las ich über die „schwarze Witwe" Tatjana Gsell. Eine Dame mit aufgepumpten Lippen aus der sogenannten „High society" von Nürnberg, die ihren Mann, den begnadeten Schönheitschirurgen Dr. Franz Gsell von ein paar Rumänen mit der Axt erschlagen ließ. Aber an den Axthieben ist er nicht gestorben – sondern am Krankenhauskeim, so daß die Tatjana an seinem Tode doppelt indirekt schuld ist.

Um Punkt 18 Uhr zwängte ich mich in meinen roten Badeanzug, und brach zum Strand auf.

Am Meer war es atemberaubend schön: Eine sagenhafte Brandung herrschte, und zunächst kam ich kaum ins Wasser hinein, da es so viele spitze Muscheln und Steine gab, die einem die Füße zu zerstechen drohten. Doch als ich dann im Wasser stand, war das Naturerleben trotz der gefährlichen Zwergtsunamis einfach überwältigend, so daß mir ganz taumelig zumute wurde vor Freude und Begeisterung. Zum Schluß hatte sich gar mein einer Melonenbusen aus der sicheren Verankerung des Badeanzugs gelöst, und baumelte im Freien.

Nach einer Weile telefonierte ich mit Rehlein.

Rehlein berichtete, daß es der Omi nicht so gut ginge. Die Uta sei bei ihr.

Das Utelchen habe es auch nicht leicht, dieweil die Letizia in die Psychiatrische eingewiesen wurde.

Rehleins Worte nahmen mich sehr mit. Erst gestern im Eiscafé hatte ich doch plötzlich an meine kleine Kusine Letizia denken müssen. Es handelte sich jedoch nur um ein unbestimmtes „Dran-denken".

Vor dem Einschlafen las ich noch ganz lang aus dem Leben von Gidon Kremer, und löschte schließ-lich das Licht.

Donnerstag, 14. August

Sturmwindgetöse.
Oftmals schön wie in Afrika –
doch hie und da wurde es plötzlich
grau und regnerisch

Auf dem Weg ins Café malte ich mir aus, daß die Omi ihre ewige Ruh noch immer nicht finden kann, weil sie noch etwas auf dem Herzen hat:

Ich stellte mir vor, *wie die Omi bei mir ein Geständnis ablegt, und mich bittet, das Geheimnis für mich zu behalten, um ihren guten Ruf bei der Verwandtschaft posthum nicht zu verderben. Doch dann überlegt sie es sich anders, und verlangt nach einem Geistlichen.*

Und so kommt´s ans Tageslicht, daß Buz einst von einem Anderen gezeugt worden ist. Waldi Schröder, Orchester-musiker. Doch Waldi ist im vergangenen Jahr gestorben, und weiß gar nicht, daß er noch zwei Enkel hat. Ming & mich.

Da hatte ich das Caféhaus aber bereits erreicht.

In der BILD konnte man lesen und sehen, wie die Chelsea von den Clintons, die wir uns doch mal für Ming ausgesucht hatten, leider ziemlich aus dem Leim gegangen ist. In ihrem Bikini knutschte sie hingebungsvoll mit ihrem Dreamboy im Pool herum, und frech witzelte die Bild-Zeitung, dies sei nur derothalben, weil die Chelsea noch kein Seepferdchen habe, und sich somit an ihren Freund klammern müsse, um nicht zu ertrinken.

Ein lauter Sturmwind hatte das schöne Wetter einfach hinfortgepustet. Es wurde grau, dunkel und regnerisch. Ein Naturschauspiel ähnelnd einer Ehefrau, die nach einer ausgelassenen Feier plötzlich sauer, düster und nörglerisch wird.

Mittags bestellte ich mir in der „Linde" eine Hanseatenpfanne für 13'90 €, und das von der zarten Hand einer jungen Kellnerin servierte Gericht schaute so üppig aus, daß ich mich schon gemästet fühlte, bevor ich überhaupt angefangen hatte, los zu essen. Unter einem Berg goldgelb gebratener Bratkartoffeln, die nach Art von Sterntalern über die Fleischinseln geregnet waren, befand sich ein Schnitzel, über und über mit köstlichen Champignons beklatscht, ferner ein Rumpsteak und ein Hühnerfilet.

Zuvor hatte ich eine Riesenfreude erlebt: Mein rosa Kleid passte noch.

Ich duschte in der herrlichen Gefängnisduschzelle, wo das Wasser immer so schön warm ist, und die Sonne so wunderbar hereinscheint.

Ein junger Herr rief mir etwas durchs Fenster zu, als ich hilflos mit eingeseifter Frisur unter der Dusche stand, und ich hätte nicht mit Sicherheit sagen können, ob er nun: „Schließt du bitte ab!" oder „Schließt du bitte *nicht* ab!" gerufen hatte.

Am frühen Abend saß ich, grad so wie gestern, unter flirrenden Blätterhauben, durch die der Sonnenschein glitzerte, in einer Atmosphäre, die einen in die vierziger Jahre zurückzuversetzen schien auf der Friedhofsbank. Bloß daß heut der Wind so ungezogen pfiff und lärmte, und meine Frisur bis zur Unkenntlichkeit verblies.

Nach einer Weile erhob ich mich, lief zum Strand, beobachtete fasziniert den Tanz der Wellen zu dieser stürmischen Symphonie, und konnte meinen Blick nicht lösen, auch wenn die Zeit zu kneifen begann, denn um 19 Uhr begann das Konzert, für das es sich nun zu schmücken galt.

Frau Münch hatte mir einen so wunderschönen Kirchenschlüssel anvertraut. Einen goldglänzenden Schmiedeschlüssel jener Art, wie ihn der heilige Petrus benutzt, um einem winzig kleinen Teil von uns, das Tor zum Himmelsreich aufzuschließen.

Die Kirche war so voll, daß eine Atmosphäre wie in der Royal Albert Hall in London entstand.

Nach dem Konzert saß ich auf einem Handtuch im warmen Abenddämmer am rauschenden Meer und rief Rehlein an. Ich erfuhr, daß Buz in Grebenstein so unglücklich sei, da ihm die Uta mit ihrer Vielschwätzerei so auf die Nerven falle.

Vor dem Einschlafen saugte ich mich noch regelrecht an den Memorien eines Gidon Kremers fest. Buz, der das Buch auch gelesen hatte, fand, daß da viel zu viel Sowjetpolitisches, und viel zu wenig Privates drinstünde. Seine ungeplante Tochter Ailika, die zu Anfang lästig war, heut jedoch sehr wichtig für ihn ist, und die Verliebtheit zu seiner späteren Ehefrau Elena, die ihm nach nur knapp bemessener Zeit gemeinsamen Glücks durch Taktstockschwinger und Friedensapostel Barenboim ausgespannt wurde, kam viel zu kurz. Doch diese Geschichten schimmern immer mal wieder durch die Zeilen durch, so daß man gebannt weiterliest.

Freitag, 15. August
Rerik – Zeitz

Zuerst grau verblasen und sehr windig,
nachmittags sagenhaft schön

Auf meine heutige Reise durch Thüringen hatte ich mich geradezu aberwitzig gefreut, doch in Mings Auto, das immer so laut dröhnt, als wolle es im nächsten Moment verröcheln, fühlte ich mich nervös.

Ich fuhr überschlanke und wellig gebogene, sich dahinschlängelnde DDR-Straßen ab. Einmal zeigte sich ein staubiges, wie leergefegt wirkendes Dorf aus DDR-Zeiten, und als ich wenden wollte, zeigte sich eine dicke Landstraße, die ins Nirgendwo zu führen schien.

Zu jeder Stunde legte ich eine Rast ein, und man sah mich mit meinem Kremer-Buch auf einer Bank sitzen. Falsch! Es „sah" mich niemand – aber vielleicht blitze ich in diesem Moment vor dem geistigen Auge des Lesers als Lesende im Sonnenschein auf, so daß ich Jahre später nun ja doch dabei gesehen werde?

Zwischen den Buchseiten blitzte mir jemand entgegen, an den ich schon seit vielen, vielen Jahren nicht mehr gedacht hatte, und dessen Bildnis, ungeachtet seines heutigen Vermoderungsgrades sofort in meinem Inneren aufstieg: Leonid Kogan.

Man hatte ein Ziel vor Augen: Den goldenen Westen zu bereisen. Doch dies war einem nur vergönnt, wenn man zu den sechs besten Geigern im Lande zählte.

In den frühen Abendstunden traf ich in Zeitz ein – jenem finsteren Ort, wo sich der Pfarrer Brüsewitz einst in Brand gesetzt hat, um ein Zeichen zu setzen.

Das mörtelfarbene Zeitz schien mir ziemlich grau & sperrig.

Dadurch, daß alles so ausschaute wie früher, malte ich mir oftmals aus, Opa und Omi Mobbl seien mit dabei.

Ich lief herum, und fand ein ganz schönes – geradezu luxuriöses Hotel: „Zu den drei Schwänen".

Ob es wohl noch ein Zimmer für mich gäbe? frug ich einen jungen Herrn, der die Stiegen herabkam. Ich hatte Glück: Zimmer 18 für 35 €uro!

Nun galt´s, mein Auto zu holen. Doch es kam so, wie ich es bereits erahnt hatte: Schon oben am Parkplatz durfte man nur rechts in die Straße hineinscheren, und sogleich trat Rubiks Zauberwürfeleffekt ein. Mit äußerster Konzentration versuchte ich mir die Richtung zu merken, doch nach einer Weile gab ich mein schönes Hotel schon verloren. Stattdessen kam ich nun in geheimnisvolle Kirchenwinkel - aussehend wie in Braunschweig - und dachte mir: „Dort könnt´s gewesen sein!" Das Drama um den Pfarrer Brüsewitz – im Grunde eine Rücksichtslosigkeit ohnegleichen gegenüber Frau und Kindern!

Nach einer Weile fand ich mein Hotel wieder, und bezog mit frohen Gefühlen Zimmer 18.

Später dichtete ich im Freien ins Tagebuch. Ich saß auf einer Bank im Bannkreis jugendlicher Tage-löhner, die nichts mit sich anzufangen wussten.

Ein Jugendlicher rülpste abscheulich laut. (Ein Unding!)

Nach einer Weile setzte sich ein leicht müffelnder junger Herr zu mir. Neben mir lag ein sehr nettes

Foto von Friedel und Rosa, das ich als Ausstanzfoto zu nutzen pflege, und nun lag´s durch großen Zufall auf einer Bank in Zeitz.

Der junge Mann war allerdings sehr nett und suchte sogar den Dialog, indem er mich frug, ob ich wohl studiere?

„Ja. Musik!" sagte ich stolz, und der junge Mann meinte, daß er sich gar nichts Rechtes darunter vorstellen könne. Ich zählte ihm auf, was „der Musiker" wohl alles wissen müsse. Beginnend vom Solfeggio bis hin zu interpretatorischen Finessen. Doch nach einer Weile tat ich so, als sei ich verabredet und hüpfte hinweg. In Wirklichkeit aber begab ich mich zur Kirche, die ich aus meinem Buch über die unglaublichen Fälle in der DDR von Hans Girod wiederzuerkennen glaubte. Ich umrundete die schöne Kirche ganz. Immer auf der Suche, eine Gedenktafel für den Pfarrer Brüsewitz zu finden. Tatsächlich fand sich eine kleine Säule, auf der in aschenartigen Buchstaben draufgeschrieben stand:

Oskar Brüsewitz
†18.8.1976

Die Säule stand genau an jener Stelle wo sich das Drama ereignet hat.

Es war dunkel geworden.

Sogar einen einsamen Klosterhofgarten für Verliebte gab´s.

Zu solch später Stund trieben sich nur noch vereinzelte Jugendgruppen in der Stadt herum.

Wieder fühlte ich mich, als sei ich unsichtbar: Man schaut in ein Schaufenster, spiegelt sich jedoch nicht (mehr).

Ich rechnete herum und kam drauf, daß der Pfarrer Brüsewitz heute 74 Jahre alt wäre. Theoretisch könnte er somit noch unter uns sein, denn er wäre nicht der erste 74-jährige, der noch lebt. Womöglich hätte ich ihn bei meinen Karrieretätigkeiten sogar noch kennengelernt.

„Da rufen Sie am besten den Pfarrer Brüsewitz an. Der ist da sehr aufgeschlossen." ← Mit Worten dieser Art wird mein Anliegen gelegentlich vom Schreibtisch gewälzt.

Schließlich saß ich in einer kleinen Zwergpizzeria unter der Schirmherrschaft von einem freundlichen dunkelhäutigen Herrn, und gönnte mir eine äußerst schmackhafte, kunstvoll zubereitete Pizza.

Samstag, 16. August
Zeitz – Marktneukirchen

Wunderschön sonnig

Im Treppenhaus von den „drei Schwänen" befindet sich ein großes, in die Wand eingelassenes beleuchtetes Aquarium, worin ein unheimlicher dunkler Fisch lebt. Von eigentümlicher Beschaffenheit. So, als sei er gekachelt!

Finster und böse schaut er auf die Besucher drauf.

„Wenn man *dem* in der Badewanne begegnen würde!" bescherzte ich mich selber, mit einem lose dahingeworfenen Spruch.

Beim Frühstück erlebte ich eine Überraschung.
„Hallo!" sagte ein patenter junger Mann, „kennen wir uns nicht aus Trossingen?"
„Herr Aust!" rief ich begeistert, und war mit einem Schlage so nett wie früher – wie zu meiner Studentenzeit.
Herr Aust, zum Manne gereift, war inmitten einer Gruppe an Musikanten nach Zeitz gereist.
Kulturboten aus dem goldenen Westen.

Ich besuchte die Michaeliskirche, und auch wenn ich bezüglich des Selbstmords vom Pfarrer Brüsewitz ganz und gar die DDR-Meinung, daß jemand der sich so etwas erlaubt, geisteskrank sein muss, teile, so wandelte ich doch aus großer Fassungslosigkeit heraus auf seinen Spuren.

Nach einer Weile saß ich jedoch wieder auf meiner Stammbank vor dem Hotel, und las in Gidon Kremers Buch über den „Slawa" und seine mitreißende, völkerverbindende Energie.
„Der Slawa" – ein in Musikerkreisen häufig auf lockere Art dahingeworfener Name. Gemeint ist der Cellist Mstislav Rostropowitsch, der mit jedem Menschen auf den ersten Blick befreundet war.
Meine Gedanken wanderten zur Familie Wemberger, bei der ich ab heut zwei Tage lang

residieren würde. Ich assoziierte fremde, distanzierte Menschen voraus, *mit denen man sich nichts Rechtes zu sagen wüsste. Die Frau versucht gequält, ihrer Rolle als Gastgeberin gerecht zu werden, und weiß doch nie, wie sie mich wohl wirklich zufriedenstellen kann, da ich mich hinter einer Wand aus scheuer Höflichkeit verberge.*

Auf meiner Autofahrt versuchte ich Natürlichkeit zu proben.

In schönstem Nachmittagssonnenschein kam ich gegen 15.26 in Marktneukirchen, diesem stillen, wie ausgestorben wirkenden Ort an.

Um Punkt 16.00 stand ich endlich vor dem Hause. Ich muß sagen, daß es ganz anders aussah, als ich es mir vorgestellt hatte. Vorgestellt hatte ich mir einen weißen Bungalow, und nun erinnerte das Haus eher an die alte Fabrik in Trossingen.

Kurz vor meinem Antrittsbesuch machte ich mich sogar noch hübsch, damit man einen noch besseren Eindruck von mir bekommen möge.

Sehr freundlich wurde ich willkommen geheißen.

An einem langen Tisch im Garten saß Mutti Simone, 46 Jahre alt mit ihren drei Kindern: Martin, zehn Jahre alt, Sandra, acht Jahre alt, und Joris dreieinhalb.

Die Kinder waren allesamt so artig und nett und begrüßten mich unaufgefordert mit einem warmen Händedruck.

Die warmherzige Mutti Simone hatte mir schon so nett eines der Kinderzimmer hergerichtet. Sogar einen Gugelhupf hatte die ideale Ehefrau gebacken, und nun gab´s ein Gartenpicknick mit Gugelhupf und Obstsalat, in dessen Verlauf ich Familienoberhaupt Günther kennenlernen durfte. Einen in sich gekehrten und stillen Herrn mit langem blonden Haar und einem Schnauzbart. An unseren langjährigen Deutschlehrer Herrn Sieben erinnernd.

Vielleicht war er in sich gekehrt, weil er eine leichte Beklommenheit dabei empfand, gleich mit einer weitgereisten Violinistin spielen zu müssen, von der man keine Ahnung hat, was für Tempi ihr vorschweben? *Womöglich hat er alles im halben Tempo einstudiert, und sie blättert bereits nach dem nächsten Satz, während er noch mit den haarigen Stellen in der Durchführung beschäftigt ist?* Tatsächlich trat in seinem Aurabannkreis kurzzeitig das Gefühl auf, daß man gar nicht wüsste, was man reden solle?

Hie und da sagte er streng, so jedoch nie wirklich bedrohlich: „Morrtin, loss dos!"

Der kleine Joris war so außerordentlich lebhaft, hopste im Garten herum, nippte an dem für ihn noch so frischen und unabgegriffenen Leben, und amüsierte sich über Dinge, für die der Erwachsene schon lange keinen Blick mehr hat.

In der Kirche einigte ich mich mit dem fremden Herrn auf´s vertraute „Du":

„Günther!" sagte er schlicht. Solcherart als gelte es, das Wort an sich selber zu richten, und tatsächlich taute er beim gemeinsamen Musizieren ein wenig auf. Später taute er sogar noch weiter auf – als nämlich ein paar Spezis kamen.

Samstags um 19 Uhr versammelt man sich hoch oben auf dem Turm, um eine Blasmusik zu veranstalten, wo allerdings kaum jemand hinhört, da die Stadt wie leergefegt wirkt.

Interessiert bestieg auch ich den Turm.

Von oben aus kann man sehr schön über die Stadt hinwegblicken, und der Günther steckte mir, daß es hier ganz in der Nähe eine Brücke gäbe, von der sich die Lebensmüden unter uns in die Tiefe hinabzustürzen pflegen.

Fast seine gesamte Familie lebt hier in Marktneukirchen, so daß man von oben erklärend auf die streichholzschachtelkleinen Behausungen deuten, und von den Bewohnern erzählen konnte.

Die Wembergers bauen derzeit selber ein Haus, und morgen kommt der Schwieschervooder, um auf dem Bau mitzumalochen.

Abends „mußte" der Günther zu einer Geburtstagsfeier, und unter den Kindern breitete sich jenes freudige Gefühl auf einen Abend ohne Familienoberhaupt aus, denn mit der Mutti kann man ja praktisch machen was man will.

Sehr nett aßen wir Verbliebenen im Garten zu abend, und hernach tranken wir Damen noch ein Glas griechischen Wein und befreundeten uns herzlich.

Die Kinder schauten sich einen Film an, und vor dem Bettbrung heulte der Joris, der den ganzen Tag so fröhlich gewesen sei, ganz laut. Die Tränenflut schien seine ganze Fröhlichkeit hinwegzuschwemmen.

Zu vorgerückter Stund´ kehrte Vati Günther heim, und stand so da.

Die Kinder sagten bloß „Nocht!" und verschwanden. Etwas, das man sich bei Hildes Mann Omar, einem Mohren aus dem Senegal, nicht erlauben dürfte - sich dem Vater gegenüber so unpersönlich zu geben.

Die Sandra trödelte sehr lang im Bod. (Schon schreibe ich auf sächsisch)

Dann brachte sie ihrer Mutti noch ein Bussi, und zu ihrem Vater sagte sie ganz unpersönlich: „Nocht!"

Der Günther sagte ebenfalls unverbindlich, aber im Grunde redlich: „Nocht, Sondra!"

Sonntag, 17. August

Wunderschön

Gestern hatte Mutti Simone noch gesagt: „Frühstück um ocht?" Mit einem animierenden fröhlichen Lächeln im Gesicht setzt sie meist ein kleines Fragezeichen hinter die Sätze, da sie als rücksichtsvolle und ideale Ehefrau ganz in der Rücksichtsnahme für ihren Mann aufgeht.

Im Hause war´s still, und als ich mich endlich erhoben hatte, stellte ich fest, daß ich mich nur ganz langsam bewegen konnte, so als hätte jemand die Zeitlupentaste gedrückt. Wie einen defekten Film, der oftmals einfach hängen bleibt, muß sich der Leser mein Leben denken.

Und mitten in dieser mißlichen Lage stellte ich auch noch fest, daß ich meine Haarbürste im Auto vergessen hatte. Somit konnte ich die Vegetation auf meinem Haupt doch überhaupt nicht gescheit bändigen.

Auf dem Tisch war bereits ein wunderschönes Brötchenfrühstück für mich bereitgestellt.

Unter der Treppe befindet sich ein Eck mit Vorräten, und wie durch Geisterhand lag in einem Korb sogar ein Buch, das direkt auf mich zugeschnitten schien: „Authentische Fälle aus dem Frauenknast".

In der Küche schwirrten drei Wespen, und leisteten mir Gesellschaft. Ich wärmte mir das Innenleben mit Kaffee an.

Auf dem Kühlschrank lag eine Postkarte, die Familienoberhaupt Günther seinen Lieben aus dem Schwarzwald geschickt hatte. Und obwohl es eine farbige, moderne Postkarte war („Grüße aus dem schönen Schwarzwald"), erinnerte sie mich an eine Feldpostkarte aus dem Jahre 1918:

„Herzliche Grüße, Euer Papa", schrieb der redliche, und nicht ganz leicht zugängliche Herr, durchaus nicht frei von Gefühl, und in Klammern setzte er direkt schelmisch hinzu: (oder Dein Günther, wie man´s nimmt). Der Inhalt der Karte beschränkte sich, wie einst beim jungen Opa, auf Reiseerlebnisse.

Nach nur einem eintägigen Au-pair-girl Dasein könnte man theoretisch den Verwandten im Stile vom Beätchen in schwindendem Deutsch schreiben: „Wenn ich an Ostfriesland zurückdenke, so war das ein ganz anderes Leben!"

Der Günther holte mich zur Probe ab. Gemeinsam liefen wir auf die Kirche mit ihrer schützenden Haube zu.

Wir probten, und ich litt unter meiner eigenen Schüchtern- und Verlegenheit, die mich in Gegenwart eines ernsten und schweigsamen Herrn fast immer befällt, und sich nicht vertreiben lässt.

Beim Mittagessen im Garten bemerkte ich dann allerdings, daß Männer wie der Günther am ehesten dann auftauen, wenn sie über etwas referieren dürfen.

Wir sprachen nämlich über den bedeutenden Kirchenmusikus Grahl, und bei diesem verbindenden Thema kam Leben in den braven Kantoren.

Nach dem Essen pflegt die Familie ein Schlümmerchen zu halten, und auch ich zog mich zurück.

Wer hätte gedacht, daß ich so lange schlafe, und davon immer matter und müder geworden bin? Nach dem Schlaf fühlte ich mich höchst benommen.

Später saßen wir bei Kaffee und Kuchen im Garten.

Der Günther betet stets äußerst inbrünstig und bittet den HERRN, die Speisen zu segnen. Auch der kleine Joris faltete auf entzückende Weise die Händchen.

Hernach hupfte er mit seinen niedlichen Füßlein behende auf die Schaukel. Dann wollte er, daß man sie Schaukel bis zur Schmerzesgrenze eindreht, auf daß sie sich rasend schnell entzwirbelt, und man einen Anblick bietet wie ein Tänzer, der eine Pirouette dreht.

Abends begann das Konzert.

45 Hörfreudige waren erschienen, die allerdings keine besondere Stimmung mitbrachten, sondern bloß auf eine leicht staubige Weise dasaßen, als säßen sie schon seit Jahren fest.

Zu später Stund´:

Eine riesige Hornisse schwirrte durch´s Zimmer und schlug sich hie und da hart den Kopf an.

Montag, 18. August
Marktneukirchen – Eisenach

Zunächst leicht verregnet.
Hernach ziehende Wolken und Sonnenschein

Am Morgen klammerte ich mich wie eine Ertrinkende an den Schlaf, und dann ging mein
dubioses Leiden einfach weiter: Daß ich mich total
benommen fühlte, und so langsam geworden bin,
daß ich auf der Treppe zuweilen zum Stillstand kam,
und es demgemäß ziemlich lange dauerte, bis ich
unten ankam.

Geträumt hatte ich auch: *Ich besuchte ein Klosett.*

*Es handelte sich um ein Hörsaalklosett, da in der letzte
Sitzung die Rede darauf geschwenkt worden war, daß die
Studenten durch ihre unzähligen Klogänge die die Studienjahre
begleiten, Unmengen an Zeitflickerln verplempern, die man
sinnvoll für das Studium nützen könnte. Im Halbkreis
angeordnet gab´s nämlich noch viele andere Klosette.*

*Plötzlich betrat mein Vetter Chris aus Amerika, den ich
seit dreißig Jahren nicht mehr gesehen habe, den Raum. Ich
saß noch auf dem Klo fest, doch miteinemmale versammelten
sich immer mehr Leute, und ich wollte meinen Vetter nach
dreißig Jahren doch nicht auf dem Klosett empfangen! Leider
waren die Kloöffnung sehr klein, so daß man sich –
halbeingesunken wie ein Kleinkind – nur mit größter Mühe
wieder hervorploppen konnte. Ich war gezwungen mich mit
einer Mischung aus Wiedersehensfreude und Verlegenheit auf
dem Gesicht wieder herauszumühen….*

Das Wetter draußen schien nach Art eines sonnigen Kleinkindes, das plötzlich nörglerisch wird, etwas regnerisch geworden zu sein, und verharrte eine ganze Weile lang in seiner Schmollpose, bevor es dann wieder sonnig wurde.

Schon von oben hörte man das zwitschrige Kinderstimmchen vom kleinen Joris, der wie ein Jungbrunnen wirkt, und den ganzen Tag entzückende, lustige Dinge sagt und macht, so daß Rehlein gewiss von früh bis spät mit dem Notizbuch hinter ihm hergeeilt wäre, um kein Wort zu verpassen.

Von drei Seiten her tönt´s unentwegt: „Mama!" in die beiden Ohren von Mutti Simone, doch ähnelnd Rehlein genießt sie dies.

Einmal in der Woche hält die Familie ein ganz langes, gemütliches Familienfrühstück ab.

Sogar ein Gästebuch, in das man so liebevoll mein Bild hineingeklebt hatte, lag aufgeklappt für mich bereit.

„Aber man muß keine langen Sprüche hineinschreiben. Es genügt der Nome!" sagte der Günther rasch.

Beim Packen entdeckte ich ein kleines Sträußlein im Glas neben meinem Bett, und fand´s so rührend.

Die ganze Familie geleitete mich zum Auto, und der kleine Joris hielt seinen Kopf gesenkt, dieweil er traurig war, daß ich gehe.

Mit warmen Worten und heißem Dank nahm ich Abschied von der mir liebgewordenen Familie.

Schweren Herzens fuhr ich ab, und hätte am liebsten sofort eine Postkarte losgeschickt.

Mein Weg führte mich zunächst nach Zwickau, und auf der Reise dachte ich darüber nach, wie der Günther so innbrünstig betet, und welch tiefreligiöser Mensch er ist, und dennoch, oder vielleicht auch gerade deswegen, hat ihn der HERR geprüft: Ein Sohn aus erster Ehe starb früh...

Über die Stadt Zwickau hatte der Günther gesagt, sie sei nichts Besonderes, jedoch erinnerte mich die Stadt in ihrer Aufteilung an Wiener Neustadt, und gefiel mir sehr. Im Buchladen war eine Ecke ganz für mich eingerichtet: Wahre Kriminalfälle, die das Leben schrieb, und besonders aus DDR-Zeiten, in denen die meisten Verbrechen einfach unter den Teppich gekehrt wurden, gibt es unglaubliche Fälle zu berichten.

Ab Gera verfuhr ich mich leicht, und kam in ländliche Gefilde. Ich fuhr auf pappelgesäumten Straßen, und alle ein bis zwei Kilometer durchrollte ich ein staubiges, ausgestorbenes Dörflein.

Um 16 Uhr besuchte ich die Gedenkfeier für den verstorbenen Pfarrer Brüsewitz.

Zur Feier erschienen statt der erwarteten Hunderttausend lediglich so viele Leut wie zu meinen Kirchenkonzerten: Nämlich zirka zwanzig bestürzte, linkische junge Leute, die der käsige, leicht an den Onkel Eberhard erinnernde heutige Geistliche aus seiner Gemeinde zusammengetrommelt hat. Viele hielten unbeholfen ein Blümchen in der Hand, und lauschten den ernsten Worten, die der Geistliche fand. Dann wurden zwei Lieder gesungen, wozu der Pfarrer eigenhändig die Klampfe bezupfte. Ein Paparazzo filmte, und eine junge Journalistin machte sich eifrig Notizen, ebenfalls wie in einem meiner Kirchenkonzerte.

Doch ob der musikliebende Pfarrer Brüsewitz wohl froh über die dünnen, an Martinigesänge erinnernden Lieder gewesen wäre?

Es hieß, er habe so mitreißend und glühend gepredigt, daß die Kirche am Sonntag aus allen Nähten platzte – und dies zu DDR-Zeiten!

Er sei ein leidenschaftlicher Christ gewesen, der seine Arbeit in der kleinen Pfarrgemeinde Rippicha hervorragend gemeistert habe.

Die dröge Gemeinde, aus der ihm zunächst Stumpfsinn und Gleichmut entgegenschlug, verwandelte er binnen kürzestem in ein Symphonie-orchester, als dessen Dirigent er sich fortan fühlen sollte. Einem jeden war ein wichtiger Part zugeteilt, der zum Gelingen der „Symphonie des Lebens" beitragen sollte. Ganz sicher war es dem Pfarrer ein Herzensanliegen, daß der Kirchenchor aus voller Brust heraus sang?

Es hieß, die Frau des Geistlichen habe die Nachricht vom Tode ihres Mannes sehr gefasst aufgenommen, und auf dem Wege zum Auto beschäftigte ich mich im Geiste mit den Hinterbliebenen.

Ich hatte das Gefühl, hier nichts mehr verloren zu haben, und fuhr weiter.

In Eisenach stieg ich in der Pension „St. Peter" ab, und verbrachte einen einsamen Abend in der hauseigenen Pizzeria.

Dienstag, 19. August
Eisenach – Aurich

Oftmals grau bewölkt, doch zuweilen auch sonnig   .

Ich schlief sehr tief, und als mich der Wecker das erstemal unter der Decke hervorschrillte, hatte ich soeben geträumt:

Meine Hand umschlang einen Zehnmarkschein und ganz viel Kleingeld, - Wechselgeld aus dem Fahrkartenautomaten - das beständig aus den Ritzen zwischen den Fingern hindurch zu flutschen drohte. Gleichzeitig befand ich mich in größter Eile und mußte rennen. Ich befand mich in einem Bahnhofslabyrinth, das jedoch eher an ein Heilbad in Baden-Baden erinnerte. Auf Gleis 1 stand nämlich mein Zug abfahrbereit, und per Lautsprecher wurden die Passagiere händeringend gebeten, sich zu sputen, so daß sich mehrere Menschen in der Menschenmenge, üppigst mit Köffern und Taschen bestückt und behangen, aufs Rücksichtsloseste durch die Menge quetschten.

„Schnell!" rief Ming sehr ernst und treibend, „...Karte hast du?" (Dies sagte er auf eine Art und Weise, die an einen Konzertpianisten denken ließ, der sich in der Probe an den Flügel setzt, ein paar Rührbewegungen in den Lüften macht und sagt: „Tempo habt ihr?"

Dann hetzte man mich die Treppen hinauf oder hinab. Plötzlich befand ich mich im Vorraum des Hallenbads von Neuharlingersiel. An einer Stelle lief eine Herde an Bekannten durch die Drehtüre, und in diese Herde sollte ich mich einfädeln.

Doch dies war gar nicht so einfach, denn engaufeinander gerückt liefen alle ich Stechschritt daher.

Und in dieser anstrengenden Lebenslage wurde ich vom Wecker geweckt.

Ich begab mich in den Frühstückssalon.

Heute bediente ein höfliches, aber unter dem Deckmäntelchen der Höflichkeit gelangweiltes dünnes Frauenzimmer mit gepirchtem Nasenflügel.

Ich las die „Aktuelle", ein Journälchen, in welchem nur packende Themen zur Sprache kommen:

Die Patentochter von König Juan Carlos, eine Dame namens „Fleur" hatte geheiratet, und auf dem Hochzeitsbild lernte man eine gehobene Gesellschaft kennen: Damen mit teuren Hüten.

Und doch wehte mich bei diesem Anblick ein leises Elendsgefühl an, weil ich das ganze Adelsgehabe so merkwürdig kneippig finde. Hier frägt sich der Leser: „Kneippig?? Was soll das sein?" Ich weiß es selber nicht, aber es fühlt sich so an: Nach der Feier fährt man auf sein Gut oder Schloß zurück, und stellvertretend für die Adeligen wehte mich das seltsame Gefühl an, daß man gar nicht weiß, was man dort machen solle? Die Diener haben alles perfekt hergerichtet, bis hin zu den zartgewärmten seidenen Pantoffeln, in die man nur noch hineinsteigen muß.

Über den Rand des Journals hinweg, gewahrte ich ein holländisches Ehepaar, das den Frühstückssalon betrat. Wir kamen uns menschlich näher, um unsere Reisepläne auszutauschen, und tatsächlich ist es so, daß ältere Leute am liebsten geographische Themen ausbreiten.

Hernach besiegelten wir die Bekanntschaft mit einem warmen Händedruck.

Ich fuhr weiter, und unterwegs dachte ich wieder über Gidon Kremer und sein Ansinnen nach, zur Sowjetzeit unbedingt zwei Jahre lang im goldenen Westen leben zu müssen. Angeblich sei dies für das künstlerische Reifen eines Geigers unerlässlich. Ich aber hielt an meinem Lebensmotto fest: „Bleibe im Lande und nähre dich redlich!"

Eigentlich darf man das Buch auch als Heldensage interpretieren, da dem jungen Geiger so viele Knüppel in den Weg geworfen wurden. Viele junge Sowjetinterpreten waren mit dem Gefühl befüllt, der Welt entginge etwas ganz Wesentliches, wenn ihre Kunst nicht in London, Paris oder Wien gehört würde – und wenn man ehrlich ist, so hatten viele von ihnen sogar recht damit.

Doch die Sowjetunion war da beinhart. Nur die sechs Besten eines Landes durften das Land kurz unter strengen Auflagen verlassen, so daß man sich eigentlich vor dem Moskauer Konservatorium hätte in Brand setzen müssen, so wie einst der Pfarrer

Brüsewitz, dem man jedes Jahr einen Kranz niederlegt.

Etwas, das auch zu Herrn Reimer gepasst hätte: Er stellt ein Transparent mit der Aufschrift „Wir klagen die Lügner an!" auf, und dann setzt er sich vor der Hochschule der Künste in Brand.

Modern wäre es heutzutage auch, sich vor irgendeinem Gebäude des Unrechts von einem Menschenfresser, den man zuvor im Internet ausfindig gemacht hat, öffentlich verspeisen zu lassen, doch diesen Heldenmut bündeln nur die Wenigsten zusammen.

In Grebenstein erlaubte ich mir wieder einen Schabernack. Direkt vor dem Hause rief ich die Oma mit dem Händi an.

Tatsächlich hob meine alte Oma ab.

„Augenblick, augenblich!" sagte sie wie alle Tage. Die Omi hatte soeben Besuch von Schröders Schwester, die leider nicht mehr im Hause lebt, sich jedoch dennoch auf unsere kleine Oma besonnen hat. „Schau doch mal aus dem Fenster!" rief ich der Oma – doch statt Omis Haupt leuchtete nun der Kopf von der Anja auf.

Frau Reimich, die Reinmachefee wütete putztechnisch herum, und das Utelchen wurde erst später überrascht, als es von seinen Einkäufen zurückkehrte.

Doch bei der Begrüßung wehte mich ein leichtes Elendsgefühl an, so wie damals in unserer Kindheit beim Schikurs, wo die Welt ohne Rehlein gleich um so viele Grade kühler und fremder schien. Das elegant und divenhaft herausgeputzte Utelchen ließ sich nur ganz unpersönlich und indifferent von mir bebusseln. Ein symbolisches Luftbussi, wie es in Frankreich üblich ist, hätte es wohl auch getan.

Die Omi saß in einem neuen, hochmodernen Stuhl mit üppigen Scharnieren, einem Geschenk ihrer Kinder zum Neunzigsten, von welchem man eigentlich gehofft oder gemeint hatte, es täte nicht mehr not.

Ich setzte mich neben die Omi und liebte sie unglaublich.

Dann griff ich mir die Zeitung, las daraus vor, und streichelte dazu das dünne Ärmchen. Wir erfuhren, daß ein Rentner aus Nordhessen den Jackpot geknackt habe, so daß er nun über Nacht ein reicher Mann geworden ist. (3,5 Millionen €uro)

Sogar seinen beiden Kindern möchte der Rentner etwas davon abgeben, und ich fand das so rührend von dem alten Mann.

Ferner ging´s um die Orgien vom Maler Immendorff. Das mit den Freudenmädchen aus Osteuropa – elf waren geladen, zwei waren verhindert – war dem Staatsanwalt einerlei, aber wegen elf Gramm Kokain ist der Künstler jetzt so bloßgestellt!

Sogar über die Beichte sprachen wir, da die Omi aus Angst vor dem Unvermeidlichen einen ganz naßgeschwitzten Rücken hatte.

Ob es wohl stimme, daß die Omi noch etwas loswerden will?

„Möchtest Du vielleicht die Beichte ablegen? Soll ich einen Geistlichen bestellen?" frug ich nett und gänzlich wertungsfrei im Tonfall.

„Wär vielleicht nicht schlecht!" meinte die Omi.

In der Küche machte das fahrig und unfroh wirkende Utelchen eine Bemerkung darüber, daß die Omi „angekommen" sei, und als wenig später der verspätete Dr. Luthard, auf den man schon so gewartet hatte, in der Stube Platz nahm, fühlte es sich an, als wolle man sich zur Endzeitbesprechung niederlassen.

Das Utelchen hatte uns so ein köstliches Zucchini-Omelett zubereitet, und auf dem Tisch lagen Fotos ihrer beiden Enkelinnen. Die kleine Giulia sieht so dünn und traurig aus, und die Schwiegertochter Cecilia hat die Neigung, ihren Kindern Klopapier-wärmer über den Kopf zu stülpen.

Nach einer Weile verabschiedete ich mich nicht ohne Wehmut, aber auch in freudiger Aufbruchs-stimmung.

Zuerst wollte ich mir in Kassel ein neues Tagebuch mit einem Schiffsbild von Edward Hopper kaufen, aber typischerweise gab es genau dieses Eine, von dem ich hoffe, es spätestens in einem Jahr vollgeschrieben zu haben, nicht. So kaufte ich mir stattdessen ein Häagen-Dazs-Macadamia Eis und einen riesengroßen amerikanischen Keks. So groß, als habe man eine ganze Keksschachtel zu einem einzigen Keks verbacken. Das Eis, da langweilig schmeckend, blieb später auf einem Picknicktisch stehen, doch an dem Keks picknickte ich hin und wieder freudig herum.

Ich blieb sehr lange im Rasthof Seesen kleben, und auch wenn diese Raststätte nur einen geringen Reiz ausströmt, und man vor Enttäuschung schwer schlucken müsste, wenn einem dieser Ort nach dem Exitus als Paradies verkauft würde, in welchem es nun gälte, die Ewigkeit abzusitzen, kam ich einfach nicht mehr los.

„Wie angenagelt", erzählte ich meinen Lieben im Geiste, „fühlte ich mich."

Aus der BILD erfuhr ich, daß eine böse Schnapp-schildkröte entwichen ist.

Ich sandte nostalgisch-unbestimmte Gedanken zu Andi & Lisel nach Blankenfelde und dachte an den wunderschönen See in der Nähe ihrer Behausung, wo man den Abendsonnenschein doppelt genießen kann, da er sich im Wasser spiegelt.

Wenn die Lisel gestorben ist, so nahm ich mir vor, ziehe ich zum Onkel Andi, und werde ihn bis zu seinem Tode hingebungsvoll pflegen.

Kurz vor Aurich sah der Himmel atemberaubend aus: Auf dunklem Wolkenuntergrund schimmerte ein leuchtender Goldfisch.

Im Radio lief ein Hit:

Mit französischem Akzent und in gereimter Form besang ein Mann die Betrüblichkeit, daß seine Frau sich gehen lässt.

Es wurde allmählich dunkel.

Der Hit war verklungen, und nun wurde Stockhausens „Tierkreis" gesendet.

Über die Musik sagte ich, grad wie einst der Opa, ein ums andere Mal: „Ein *dummes* Zeug!"

Abends in Aurich. Endlich wieder bei meinen Lieben!

Ming suchte die Schallplatte mit dem Borodin-Quartett, und war verärgert, daß sie sich nicht finden ließ. Aber als er sie dann endlich gefunden hatte, mußte man noch verärgerter sein, da die Firma Illing den Plattenspieler nicht gescheit repariert hat. Er gab nur einen hohlen Hupton von sich.

Und nach endlosen Basteleien hörte sich die Wiedergabe an, wie durch die Ohren eines 98-jährigen – leis, zerknarrt und unkonturiert.

Buz reist morgen früh nach China, und packte mit großem Eifer seinen Koffer.

Die Aufbruchsstimmung erinnerte mich, wenn auch in anderer Form, an die Omi. Buz sattelt sich für ein Leben in einem anderen Kontinent zurecht, und die Omi für ein Leben in einer anderen Dimension, und für beide gibt's noch Tausenderlei zu bedenken.

Beim Gedanken, daß Buz im Flugzeug mit den rohen und kalten Festlandchinesen womöglich von Einsamkeit bewegt wird, wurde Rehlein und mir schwer ums Herz. In gefühlter Lichtgeschwindigkeit entfernt er sich von seinen Lieben daheim, und betritt ein Lebenskapitel in der Fremde.

Der süße Ming war so warm zu mir.

Rehlein lag in Mings Kabüffchen nach Art eines Teenies auf dem Bauch und las die chinesische Familiensage von den drei weißen Schwänen. Falsch! So hieß ja mein Hotel in Zeitz – von den *wilden* Schwänen natürlich!

Mittwoch, 20. August

Zunächst grau bewölkt.
Dann wurde es diesig bis schön –
wieder etwas grau,
und am Nachmittag sagenhaft schön

Wir erhoben uns in jenen Tag hinein, an dem Buz nach China aufbrechen mußte. Ming hatte sich erboten, den Schofför zu spielen.

Das Reisefieber und die bevorstehende familien-oberhauptsfreie Zeit wirkte sich eher belebend auf die Stimmung aus, und wir lachten viel.

Ich erzählte vom sumokämpferartigen Sänger Yoo aus Trossingen, der die Gewohnheit hat, Freunde und Bekannte mit Zeige- und Mittelfinger zangen-artig an ihrem Wangenspeck zu fassen, und ihren Kopf kumpelig zu berütteln und hin und her zu beuteln, so daß man hernach einen riesengroßen Bluterguss auf der Wange hat. Unser Freund Xie mußte sich immer ducken, wenn er den Kollegen aufblitzen sah.

Schließlich begann die Zeit zu zwicken, und wir fuhren ab.

„Der Papa hat im Flugzeug die Nase vorn, und mit dem Zweiten sieht er besser!" kehrte Ming einen televisorengeprägten Menschen hervor.

Am Bahnhof wurden wir alle von einer großen gischtenden Wehmutswelle überschwappt.

Salzwasser schien unsere Augen zu fluten. Um 10.01 sollte Buz unserem Leben vorläufig entsogen werden, und nun benahm er sich direkt ein wenig so, wie jene Senioren, über die er sich früher als junger Mann so lustig gemacht hatte.

Ich konnte mich genauestens in Buz hinein- versetzen: *Ihn erfasst die unbestimmte Furcht, gleich feststellen zu müssen, im falschen Zug zu sitzen.*

Ein jeder kennt doch wohl den Bammel vor den strengen Kontrollatoren?

Der Kontrollator verwandelt sich in einen Gymna- sialprofessor, und man sich selber in einen dummen Schüler mit einem heißen roten Kopf, der im Professoren einen schier unbändigen Drang auslöst, mit einer Kopfnuss bedacht zu werden. Das Billjet, das man in Händen hält, verwandelt sich in eine schlampige Hausaufgabe, die jede Kopfnuss rechtfertigt.

Kopflos überlegte man herum, was man Buzen in den ausrieselnden Minuten wohl noch Gutes tun könne, und schließlich kaufte ich ihm drei Post- karten die, der Länge nach nebeneinandergelegt einen nackten Mohren von hinten darstellten. Diese drei Karten könne er der Hilde schicken.

Der Zug fuhr ein. Wir umarmten und küssten Buz. Buz trug sein Köfferchen ins Zuginnere, und wunk uns noch aus dem Fenster nach, bis man ihn nicht mehr sah.

Ein unglaubliches Gefühl! Jemand aus der Familie reist nach China, und man hat keine Ahnung, ob man sich jemals wiedersehen wird? Und wieder erinnerte es mich an die Situation mit der Oma: Man befindet sich an der Plattform zu einer langen Reise ins Ungewisse…

Um uns über die große Lücke in unserem Leben hinwegzutrösten fuhren wir zum Arthur, bei dem wir uns zuvor angemeldet hatten.

Die Haushälterin war etwas verstimmt mit dem Arthur, da er sie so grob angebarscht habe, weil sie uns noch kein Frühstück gerichtet hatte. Ich spürte ein großes Mitgefühl mit der Gekränkten, die jetzt mit übertriebener Tüchtigkeit und ganz versteinerten Zügen, die an unsere einstige Haushaltshilfe Akiko erinnerten, am Frühstückstisch herumbastelte.

Traurig war, daß der Arthur nicht auf diese Stimmung einging, und dies, wo man doch weiß, daß es eine gekränkte Seele so sehr nach einer warmherzigen Einlenkung dürstet, in deren Verlauf man vielleicht sogar in Tränen ausbrechen darf, und mit einer warmen geläuterten Umarmung bedacht wird.

Rehlein hatte sogar im Auto in den „Wilden Schwänen" gelesen, und ihre Lippen vibrierten leise zu der Lektüre. Das Buch hatte das süßeste Rehlein derart aufgewühlt, daß sie den Arthur nun darüber anpolitisierte.

„Man weiß viel zu wenig über China!" beklagte Rehlein, so daß die Rede auf den Geschichts- und Politikunterricht in den Schulen geschwenkt wurde.

Mit einem Augenzwinkern tat ich scherzend kund, daß in den Schulen von China wie selbstverständlich auch Ostfriesische Geschichte gelehrt würde. Wenn ein Schüler nach der Schlacht um Ostgroßefehn befragt würde, so müsse die Antwort wie aus der Pistole geschossen kommen.

Später besuchten wir Arthurs Mutti.

Mit langgestreckten Beinen, die in weiche Babuschen mündeten, saß sie im Rollstuhl und blätterte versonnen und nostalgisch in einem Buch mit unglaublich liebevoll gemalten Bildern von der Jagd.

Es ginge ihr gut, und sie müsse sich nur daran gewöhnen, daß man zu schweigen habe, wenn man nichts mehr zu vermelden hat. Leicht verbittert erzählte sie, daß sie im Gespräch immer übergangen würde. Der Arthur gibt ihr auf Fragen sowieso keine Antwort, und Ehemann Horst sagt vielleicht unwirsch: „Sei stille, Frau!"

Rehlein, als junggeblieber vitaler Mensch wußte nicht so recht, wie man emotional mit den Nöten einer alten, kranken Frau umgehen solle, und sagte unbeholfen etwas solcherart, daß man gehen müsse, wenn's am Schönsten sei. Dies bezog sich natürlich auf unseren Besuch, doch in den Ohren der alten Dame tönte es mir solcherart, als sei das Leben selber gemeint, und der Satz auf sie gemünzt.

Mittags hatte uns das süßeste Rehlein ein Süppchen gekocht, und in dem meinigen schwamm sogar ein Wurstzipfel herum.

Vor unserer Haustüre sitzt derzeit immer ein Arbeiter, raucht, und liest die BILD-Zeitung. Ich stellte mir vor, wie man ihm auf Art von der Gräfin Dönhoff kommt: *„Hören Sie sofort auf zu rauchen!" sagt man, und reicht ihm einen edlen Goetheband. „Und ab sofort wird DIES gelesen!"*

Der junge Mann liest sich an Goethe regelrecht fest, und nach drei Tagen sagt er dankbar: „Vielen Dank, daß Sie mich auf die richtige Spur gebracht haben!" Später wird er dann ein bedeutender Literat.

Ming spielte Klavier, doch mitten in die Klänge hinein tönte sein Händi auf, weil ihm das Julchen eine SMS geschickt hatte. Ich schlug vor, daß er nun auf Kläuschenart gekränkt zurückschreiben könne: „Jetzt hast du mein Klavierspiel gestört! Schönen Dank!"

Ming und ich fuhren erneut zum Arthur an den See. Unterwegs sprachen wir über das Lindalein, und Ming berichtete, daß die Linda über ihre bevorstehende Hochzeit geschrieben habe: „Schade, daß

Ihr nicht kommen könnt!" Aber eingeladen hat sie uns nicht.

Mit einem kleinen Elektromobil fuhren wir quer über die Felder zu jenem See, den ich nicht ganz so mag, wie den anderen, zu dem wir nicht fuhren.

Unterwegs ermahnte der Arthur einen kleinen Jungen auf dem Fahrrad, weil er unbefugt auf dem Grundstück herumfuhr, und hinzu vom Angeln kam. Etwas, das ebenfalls verboten ist. Der Arthur hörte sich ernst, wenn auch gütig an, und der kleine Junge wurde davon ganz unfroh.

Im See konnten wir uns nur zögerlich mit dem kühlen Naß anwärmen. (Ein seltsamer Satz, doch er stimmt!) Besonders, wenn die inneren Organe drankamen. Als ich dann aber schwamm, hatte ich plötzlich eine gewisse Freude daran, und später rief ich Ming am Ufer fröhlich zu, daß dabei ein Wesenszug Buzens in mir zum Vorschein getreten sei: Zuerst muß man mich ganz lange überreden, und dann höre ich nicht mehr auf!

Arthur und ich küssten uns im See, und der Arthur meinte, diesen Kuß würde er nie vergessen.

Heute erinnerte er mich so an König Harald von Norwegen.

„Ein über und über mit Orden behangener Mann!" schilderte ich den König so gut ich konnte.

Später gab es einen heißen Kakao im Garten. Ich hatte einen am Baume hängenden Apfel angebissen, und die Bißstelle war ganz braun geworden. Und als ich den Apfel wenig später aberntete, hatte sich eine Spinne darauf ausgebreitet. Die Spinne schien den Apfel zu umarmen und zu schützen. Später bekrabbelte sie mein bloßes Bein, und mir stieg das Bildnis des verfaulten Daumens nach dem Spinnenbiss in den Kopf.

Donnerstag, 21. August

Meist grau bewölkt (helmfrisurengrau) oder diesig

Heute sollte ich Rehlein um siebene wecken, dieweil die Montöre kommen würden, um sämtliche Heizungen abzuschrauben.

Ich war aber so müd, daß ich nach der Weckung nochmals ins Bett zurück kroch.

'Sollen sie doch Mings Heizung zuerst abmontieren!' dachte ich müd, aber eigentlich dachte ich gar nichts, weil ich nämlich in einer Müdigkeitssackgasse stak. Man spürte es im Voraus: Wenn ich jetzt schlummere, so werde ich davon keinesfalls munterer.

‚Dann müssen mich die Arbeiter eben wachküssen, wenn sie unbedingt in meinem Zimmer arbeiten wollen,' dachte ich gleichmütig.

Die Arbeiter, so Rehlein, stünden schon auf dem Treppengelenk. Dem umsichtigen Rehlein fiel ganz viel ein, was zu bedenken sei. Zum Beispiel die Teppiche einzurollen, da doch die Arbeiter so klobige Schuhe tragen. Klobig verformt von getrocknetem Morast.

Rehlein war so bezaubernd, denn unsere liebe Mama blüht immer auf, wenn gearbeitet, und „etwas bewegt" wird.

Die Heizungsamputate verursachten jedoch einen derartigen Lärm, daß es kaum zu fassen war. Rehlein und ich bewegten beim vergebenen Versuch eine Plauderei in Gang zu setzen nur noch den Mund, um spaßhaft zu unterstreichen, daß man nun wirklich gar nichts mehr höre.

Mit Schaudern senkte Rehlein den Blick in die Vergangenheit, wo es so war, daß man dauernd um den Tisch herum gruppiert saß, bullschittete, um dann am nächsten Tag naturgemäß sehr lang - nicht selten bis zur Mittagsstund - auszuschlafen pflegte.

Rehlein erzählte, wie Buz früher ärgerlich wurde, wenn wir Kinder am Vormittag herumgelärmt haben, wo doch der Yossi* seinen Künstlerschlaf gebraucht habe.

*Buzens Tartüff: Buz hatte gemeint, einen Heiligen kennengelernt zu haben, den er bei sich aufnahm.

Ferner erfuhr ich, daß Buz nach zirka 38 Jahren (wahrscheinlich im Banne der beginnenden Rück-blicksphase) ein Kärtchen von einem Schnorrertypus namens Pospichl bekommen habe.

Ich holte die Landkarte herbei, damit wir Döleins geplante Reise gemeinsam gescheit bedenken und bebrüten konnten. Eine Arbeit, die ich einfach vor mir hergeschoben hatte, doch jetzt bekam ich davon ein freudiges Gemeinschaftsgefühl, und ausgerechnet da verstand man lärmesbedingt wieder kein Wort.

Nach einer Weile wollte ich den neuen Routenplaner installieren. Zuerst war ich voll frischen Mutes, obwohl uns der neue Computer bislang hauptsächlich Ärger macht. Und als nach der zweiten CD verlangt wurde, bockte das Gerät typischerweise, so daß ich rabiat geworden bin. Rehlein war so gutmütig und hilfsbereit, doch ich hatte alle Weisheiten aus der Glücksformel beiseite gestellt, und meine Wut auf das Gerät loderte heiß, als sei´s ein Mensch, der mir bei meinen Tätigkeiten absichtlich Knüppel in den Weg wirft.

Doch dann war ich dem Gerät auch wieder gut. „Während ich noch verärgert war, habe ich mir vorgenommen, gleich wieder nett zu werden!" erzählte ich Rehlein.

Rehlein hatte es sich mit den „Wilden Schwänen" im Wohnzimmer gemütlich gemacht, und ich übte im angrenzenden Musikzimmer auf meiner Violine. Hie und da sagte ich Dinge, die gar nicht recht zu meinem Üben passen wollten. Ich lenkte die Rede auf den Bildschirmschoner, von dem es heißt, er habe früher Bratschenstunden genommen. Daß man ihn doch zu gemeinsamer Hausmusik bitten könne?

Wenig später, als ich dann im Supermarkt Leckereien für die Arbeiter gekauft habe, malte ich mir aus, *wie der schüchterne Bildschirmschoner der Einladung tatsächlich Folge leistet, und dann sind* **wir** *es, die aus allen Wolken fallen: Er spielt nämlich noch besser als der Yossi, der Buzen ein Heiliger ist, und hat hinzu eine fantastische Bratsche.*

Mittags saß ich im Zentralcafé. Schon wieder gab´s eine neue Bedienerin, die sich große Mühe gab, ihre Arbeit richtig gut zu machen, und neue Ideen und Impulse ins Kellnergeschehen einzubringen.

In der „Bunten" las ich, daß Prinzessin Stephanie dem Rot-Kreuz-Ball in Monaco ferngeblieben sei (ein Afront), weil sie lieber mit ihrem neuen Lover Rumhängeferien macht. Auf einem Bild sah man sie in Unterwäsche beim Rauchen, und wir Leser erfuhren, daß die Stephanie eine eher oberflächliche Mutti sei: Sie geht zwar manchmal mit den Kindern ins Schwimmbad oder zu McDonalds, doch ihre Einkäufe im Supermarkt wirkten direkt ein wenig unappetitlich: Billig Fusel, Cola, Big Mäcs zum Aufbacken, Cigaretten…

Abends telefonierte ich mit der Omi. Ermutigend meinte ich, daß die Omi an Buzens goldener Konfirmation heut in einem Monat noch leben müsse, und die lebensfreudige Omi sagte: „Hoffentlich!" dieweil sie größte Angst vor dem Unvermeidlichen hat.

Bei uns schaut es zur Zeit. aus, als wären wir ganz frisch in ein Haus gezogen.

In Buzens Zimmer ist alles mit durchsichtigen Plastikplanen abgedeckt, und es riecht neu, so jedoch ganz fremd.

Vor dem Fernseher verspeisten wir Rehleins köstliche Bionudeln mit Thunfisch. Wir schauten „Panorama", und die Ansagerin, die mit Kampfeslust befüllt sarkastisch-ironisch und leicht hohndurchsetzt über empörende Themen sprach, erinnerte mich an Mette-Marit.

Ich stellte mir kurz vor, *ich sei der Haakon, und vom Ende des Tisches her würde verbal solcherart auf mich eingedroschen. „Dein sauberer Herr Vater — der über und über mit Orden behangene Mann…wenn niemand hinschaut, so zwackt er mich in den Po, und macht eine Bemerkung, die mir die Schamesröte ins Gesicht steigen lässt!"*

Freitag, 22. August

Vorwiegend grau. Mittags sogar Sprühregen

Eigentlich wollten ab halb sieben die Handwerker unser Heim stürmen, und ich sollte Rehlein wecken. Doch im Hause war es um diese Uhrzeit so unerhört still, wie es gestern laut war, und ich brachte es einfach nicht über´s Herz, Rehlein aus Morpheus Armen zu reißen.

Später sprach Rehlein an meinem Bette mit tiefer Stimme. Sie parodierte einen Arbeiter, der ausgesandt worden war, mich wachzuküssen.

Somit erhob ich mich mühevoll wie eine 90-jährige, die den Kopf bis zum Anschlag in die Erinnerung biegen muß, um sich gedanklich wieder in jene Zeiten zu versetzen, wo man noch etwas mit ihr anzufangen konnte.

Nein, stimmt gar nicht. Dem Hochmoribunden ist die Erinnerung ganz nah, während er sich gedanklich sehr verrenken muß, um zu überlegen, was vor fünf Minuten war.

Man erhebt sich, um zu frühstücken, obwohl der Müdigkeit alles schal schmeckt.

Die Arbeiter liefen geschäftig hin und her. Das eifrige Rehlein erbot sich gar, selber irgendetwas zu streichen. „Das kann ich gut. Ich streich doch schon ständig meine Bilder!" spielte Rehlein auf die göttlichen Gemälde an, die unser ganzes Haus schmücken.

„Bittö?!" sagte der eine, zirka vierzigjährige Arbeiter. Dies sagt er immer, wenn Rehlein etwas sagt, und dabei redet Rehlein doch klar und deutlich, und er selber ist doch noch keinesfalls besonders alt.

„Aus Langeweile? Freizeitbeschäftigung?" frug er etwas despektierlich über Rehleins wunderschöne Gemälde, die jeden Kunstkundigen innerlich erbeben lassen. S. Titelblatt

Am Nachmittag begab ich mich in die Stadtbibliothek, um mir Reiselektüre zu beschaffen, doch ich hatte keine Ahnung, nach wem oder was ich schauen solle, und stand einfach nur so herum. Dann spürte ich mein Herz. Zum Beispiel, wenn ich die Treppen hinaufgelaufen war. Es schmerzte leicht, so daß der „Exitus" nicht einfach mehr nur ein Wort für mich war.

Im Jahrbuch vom Jahre 1976 fand ich ein Foto vom Pfarrer Brüsewitz. Das Foto zeigte einen edlen feingeistigen Menschen. Ich dachte darüber nach, daß es sich, wenn man aus welchen Gründen auch immer aus dem Leben scheiden wolle, doch förmlich anböte, damit ein Zeichen zu setzen?

Am Abend herrschte bei uns eine Riesenfreud: Buz rief aus Nanjing an, und Rehlein am Telefon klang so freundlich und liebevoll, wie man es sich von einer Ehefrau nur wünschen kann. „Ur ai ni!" Ich liebe Dich! sagte Rehlein warm, wiewohl Buzens Gehirn bereits aufs Chinesische umgeschaltet hat.

Kurz darauf riefen wir im Duett die Omi an, um ihr zu berichten, daß Buz erzählt habe, daß es in China sehr heiß sei. Es sei heiß wie im Backofen. Etwas, was für Senioren jenseits der 65 Gift sei.

Rehlein übersetzte der alten Dame einen Scherz, den ich gerissen hatte, und sprach ganz klar und deutlich: Daß man Buzen jetzt wohl kaum eine Freude damit bereiten könne, wenn man ihm erzählte, daß bei uns gerade neue Heizkörper eingebaut würden, und die Omi lachte süß.

Doch auf ihren Enkel Vanni, der heut zu Besuch kommen wollte, freute sie sich überhaupt nicht.

„Ach Gott, was soll ich mich denn darüber freuen?!" erunwirschte sie sich über Rehleins in ihren Sinnen offenbar törichte Frage.

Abends besuchten Rehlein und ich das Konzert von Herrn Großmann in Holtrop. Wir fuhren zeitig los, um noch etwas spazieren zu gehen. Leider kamen so wenig Leute: Nämlich genau acht, und von diesen acht handelte es sich bei sechsen um Freunde, die sich auf Höflichkeit herbeibemüht hatten. Herr Großmann hatte die Verwandten zunächst nicht dabei, weil's bei denen heut Bohnen gegeben hatte.
Nach der Pause hatte seine Frau Inga, rasch herbeitelefoniert, neben Rehlein in der Bank Platz genommen. Auch Schwiemu Elke saß etwas ernst und verloren herum. Der Achim plauderte so nett mit dem Publikum und spielte ganz anmutig, so daß auch Rehlein Vergnügen und Genuss an dem Konzert empfand, auch wenn es später auf der Heimfahrt hieß, es mangele ihm an rhythmischer Klarheit, und trotz poetischer Abphrasierungen, die dem Ganzen eine sympathische persönliche Note verleihen, habe Rehlein das Woher-wohin-wozu? nicht so recht erkennen können.

Rehlein und ich tranken daheim noch ein Glas Wein, und ich erzählte von meiner lieben alten Freundin „Frau Max" aus Goslar, die sich gerne hochgeistig unterhält. Doch leider findet sich in ihrem Umkreis niemand, mit dem sich eine hochgeistige Unterhaltung führen ließe.

Samstag, 23. August

Mal sonnig, doch hie und da ganz graue Wolken

Heut, am Vortag meiner Harzreise, stand mir ein sturmfreier Tag bevor, dieweil Ming, Rehlein und Julchen bei einer Frau Meyerhoff zum Krabbenfrühstück geladen waren, und hernach die „Friesische Freiheit" besuchen wollten.

An meinem Schrank hingen meine drei Konzertkleider, und sie in ihrer gebauschten Fülle schauten aus wie drei Feen ohne Kopf.

Rehlein rief mir noch zu, daß ich mich bewegen möge.

„Nicht nur vor dem Fernseher hocken!" riet Rehlein.

In Anlehnung dessen, daß ich beim Konzert gestern gelernt habe, wie man es lieber nicht machen solle, übte ich mit Tonband. Doch mein kleines Tonbändchen ist leider altersschwach geworden, und nimmt auf, ohne das, was zuvor drauf war, zu löschen, so daß dem Hörer eine Klangcollage geboten wird.

Einmal loste ich aus, Antje und Kläuschen anzurufen, und beim Wählen hatte ich schon ein bißchen Lampenfieber, das 69-jährige Kläuschen eventuell aus seinem Mittagsschlummer emporzuschrecken.

„Hallo Antje!" sagte ich erfreut, und fühlte für einen kurzen Moment die bergenden Schwingen einer liebenden Tante. Doch es war die Rosa, die den

Hörer abgehoben hatte. Antje und Kläuslein sind in Is- oder Irland. (Vergessen)

Der Klaus hat heute Geburtstag, und nächstes Jahr darf er sich 70 Gäste einladen.

Endlich kehrten Rehlein und Ming wieder zurück.

Rehlein und ich unternahmen einen Spaziergang zum Kanal, und das süßeste Rehlein war unterwegs so aufmerksam.

Rehlein entsetzte sich über Glassplitter auf dem Weg. Man hörte bereits das zarte Tapsen eines possierliches Pfotenballetts – ein freundlicher Polarhund trabte anmutig neben einer zügig radelnden Dame einher – und dies Richtung Scherben.

„Halt!" Auf Art vom Opa stellte sich Rehlein dem Gespann aufgeregt entgegen, um Unglück zu verhindern, und die Dame war Rehlein auch sehr dankbar.

Am Spielplatz zeigte Rehlein erneut einen höchst aufmerksamen Blick. Diesmal fiel er auf drei Mondkälber, zirka zwei, vier und sechs Jahre alt. Rehlein hatte große Angst, der Zweijährige könne sich am Stacheldrahtzaun verletzen, und erzählte den Kindern plastisch, wie *ihr* das mal passiert sei. Dann hob sie den Zweijährigen mit seinem Eishorn in der Hand und dem verschmierten törichten Kinder-gesicht gefühlvoll über den Zaun hinweg.

Ich hatte gemeint, daß man durch Rehleins ein-fühlsame Worte vielleicht einen Draht zu den

Kindern hätte bekommen können, und stellte dem einen Knirps die älteste Frage der Welt:

„Wie heißt du?"

Doch wie in einer japanischen Groteske bekam ich keine Antwort.

Beim Weiterlaufen mutmaßte Rehlein, daß zu den Kindern womöglich noch nie jemand so gesprochen habe?

Die Mutti sagt immer bloß: „Laß das!" oder „Ihr geht jetzt mal draußen spielen!" wenn sie mit ihrem Lover allein sein will. Man kennt´s!

(Aus dem Fernsehen)

Wie schon unschwer zu erahnen gewesen, kommt Ming nicht mit auf meine Harzreise. Für das Julchen jedoch würde er meilenweit fahren. Ming begründete es allerdings damit, daß ich so unterhaltsam sei, daß er nicht zum Lernen käme.

Wieder sprachen wir voller Vorfreude über Onkel Döleins bevorstehenden Besuch, und kamen überein, daß ich den Onkel am Mittwoch in Kassel abholen würde. Der Onkel hatte so lustig gemailt, daß Rehlein ganz vergnügt davon wurde.

„Unterwäsche wird abends ausgeschüttelt!" schrieb er unkompliziert. Davon wurde Rehlein in einen riesengroßen Beantwortungsschwung versetzt, und saß den ganzen Abend eifrig tippend herum.

Sonntag, 24. August
Aurich – St. Andreasberg

Herb und grau

Ich schlief nur mühsam ein, doch dann träumte ich hochinteressant: *Daß Herr Reimer gesagt hat, er käme um 22 Uhr, und ich dürfe mich so lange in sein Bett legen. Nun lag ich also in seinem Bett im Hochschultrakt, und fühlte mich verunsichert, weil ich mir nicht mehr ganz sicher war, ob er dies wirklich gesagt habe. Mein Blick fiel auf einen kleinen Pappkarton, der einen Ehering mit der Eingravur „Jürgen" beinhaltete. Richtig! Dieser Tage feiere man Goldene Hochzeit, erinnerte ich mich. Dann stieg ich aber doch noch aus dem Bett. Ich setzte mich in einen dunklen Winkel und wartete ab.*

Herr Reimer kam nicht alleine: Ihm folgte nämlich Buz mit einem Rattenschwanz an Schülern, da Herr Reimer ihm auf höchst kollegiale Weise erlaubt hatte, in seinem Eßzimmer zu unterrichten. Herr Reimer selber verkroch sich müd ins Bett, ohne sich zu wundern, daß sich sein Bett so gewärmt anfühlte, als habe jemand eine Suppenterrine hineingestellt, die eben erst von der Köchin geholt worden war, um im angrenzenden Speisesaal serviert zu werden. Vom Bett aus beobachtete Herr Reimer Buzens Unterricht durch die geöffnete Türe.

Doch nicht nur die Türe war geöffnet. Nach einer Weile wunderte er sich, warum in seinem Zimmer wohl eine geöffnete Bierflasche steht? Er wunderte und freute sich darüber.

Einmal spielten vier Geigenschüler ein simples Werk von Anzelotti (?), und ich dirigierte, und spielte mich auf, als sei ich ein dirigentisches Riesentalent.

Dann schwenkte mein Traum in eine andere Richtung: *Rehlein besuchte meine Studentenbude, und zeitgleich mit der Türglocke schrillte das Telefon, für das mir der süßeste Ming so nett eine Vorrichtung gebastelt hatte: Eine Hand aus Pappmaschée, die nach dem Hörer greift, und ihn in die Höhe schnellen lässt, so daß der Hörer bereits abgehoben ist, wenn man herbeieilt, und eine Stimme sich bereit in nervösen vor sich hinbröckelnden Worten vorgestellt hat.*

„Moment!" rief ich dem süßesten Rehlein durch die geschlossene Türe zu, da ich das ergreifende Wiedersehen nicht mit dem Hörer am Ohr verunsentimentalisieren wollte.

Beim Anrufer handelte es sich um einen grobschlächtigen Herrn aus Jugoslawien, dem ich hie und da beim Einkaufen begegnete.

„Wir wjerden cheute abend gemeinsam eeessen gehen!" bellte er in hartem Kanackendeutsch, dieweil er gelernt hatte, daß man Frauen gar nicht erst fragen sollte.

„Nee. Paßt mir eigentlich überhaupt nicht!" hörte man mich sagen, und durch Rehleins Ohren vor der Türe angehört, tönten meine Worte maulig und negativ...

Am Morgen genoß ich mein Frühstück mit dem süßesten Rehlein ungeheuerlich.

„Rehlein, im Traum standest du vor meiner Türe, und ich mußte erst ein anstrengendes Telefonat mit einem Herrn führen!" erzählte ich.

Rehlein war so bezaubernd, wie es nur Rehlein sein kann, und einer Laune folgend riefen wir Buz in Nanjing an.

Rehlein klang am Telefon so ungeheuer freundlich und positiv – während Buz selber wegen des abendlichen Konzertes in einer Wolke großen Lampenfiebers und Unbehagens stak, die sich vorläufig wohl kaum verflüchtigen würde. Wir erfuhren, daß Buzens Konterfei haushoch in der Stadt Nanjing aufgehängt sei, - solcherart, wie Sir Simon Rattle einst Berlin geschmückt hat.

Die Stadt befände sich - so Buz – im Wolfram-König-Fieber, das der Manager, Herr Shue durch geschickte Propaganda ausgelöst hat.

„Ach, wie schade, daß wir nicht dabei sitzen!" rief Rehlein in ehrlichstem Bedauern. Das Konzert sei seit Wochen bis auf den letzten Platz ausverkauft, berichtete Buz, doch über Stolz und Freude hatte sich ein gewisses Fracksausen ausgebreitet.

Wir begaben uns zum Frühstückstisch zurück, und Rehlein erzählte von Herrn Mücher, dem Ex unserer Nachbarin Frau Möller, bei dem Rehlein mal ein Kunstseminar an der Volkshochschule besucht hat.

Dem ließ sich eine aufregende Geschichte hintan-fügen: Wie Frau Möller in einer S-Bahn in Linz die Liebe ihres Lebens traf: *Herrn* Möller – und somit gezwungen war, ihrem heutigen Ex und damaligen „Noch" einen Zettel zuzustecken: „Hallo Bodo! Es gab da eine Begegnung! Gib mir Zeit….."

Für diese durchaus poetische und anrührende Geschichte nutzte ich Worte Gidon Kremers – denn genau diese eigentümliche Schicksalsfügung widerfuhr einst dem großen Geiger.

„Es gab da eine Begegnung...." war er, der die Lüge verabscheute, gezwungen, seine Frau Tatjana kleinlaut anzumurmeln.

„Wie bitte? Sprich lauter. Ich habe dich nicht verstanden!"

Den Zettel mit den linkisch verlegenen Worten legte Frau Möller ihrem damaligen Ehemannn auf´s Kopfkissen, und ist seither nicht mehr nach Hause gekommen.

Dies nun schon bald zwanzig Jahre.

Rehlein fand es seltsam, daß Gidon Kremer der Öffentlichkeit derart persönliche Geschichten seines Lebens anvertraut, doch mir gefiel grad dies.

Einmal sagte Rehlein so rührend, daß sie sich Gedanken gemacht habe, und man dem Computer, der pausenlos für uns rattert, und uns bereits so viel geholfen hat, nicht zürnen dürfe. Diese Worte beschämten mich tief, da man mich bei der Arbeit bisweilen zürnen hört, und meine Mama hat´s doch derothalben gedacht, weil sie Angst hat, der Ärger über den Computer könne mir auf die Galle schlagen.

Pausenlos reiften in meinem Kopf Besuchsideen für Onkel Dölein heran, doch ob die dem Onkel so recht wären? Zum Beispiel Ediths 61. Geburtstag zu besuchen? Rehlein war sich nicht ganz sicher, ob ich den Onkel mit zur Omi nehmen solle?

„Ist die Omi meinem Onkel etwa egal??!" rief ich mehrmals ganz betroffen aus.

„Das nun nicht – aber der Onkel ist viel zu diesseitig, und umgibt sich doch gewiss lieber mit jüngeren Semestern!" sagte Rehlein unsicher.

Ich kam viel schwungvoller voran, als es der Routenplaner für mich vorgesehen hatte, so daß man sich frägt, warum er wohl „Power Routenplaner" heißt?
Bereits um 16.09 (statt 16.49) war ich in St. Andreasberg.
Mir schien´s, als habe ich diesen Ort in gewisser Weise richtig vorausassoziiert, doch während es mir noch so schien, kam ich an eine unfassbar steile Straße.
Schließlich traf ich auf dem Kirchplatz ein, und lernte die sympathische Küsterin „Frau Fehl" kennen, die mir die schöne ordentliche 50er Jahre Kurpastoren-Wohnung zuwies, die in den nächsten Tagen mein neues Zuhause ist.
Im Geiste feilte ich bereits an der Zeitaufteilung jener im übertragenen Sinne kleinen Fläche bleichen Beinfleisches zwischen Hosenende und Sockenbeginn, das die kurze Tageszeitspanne zwischen „jetzt" und dem Konzertbeginn um 19 Uhr symbolisieren sollte. Ich loste aus, und Folgendes kam zum Zuge : Üben – üben – üben.

Dann begann´s:
27 mild applaudierende sehr nette Konzertgänger waren erschienen, und Pfarrer Henzl sagte am Ende

seines Schlußworts: „Ich glaube, um eine Zugabe werden Sie nicht herumkommen!"

So spielte ich den dritten Satz von Bachs a-moll Sonate nochmals, obwohl man allgemein bereits mit dem Applaus innegehalten hatte.

Von einer Dame aus Bad Lauterberg bekam ich eine Zeitungsnotiz überreicht, eine Rezension, die sie mir geschrieben hatte. Sie schielte sehr stark, und erzählte, daß nur die Hälfte dessen, das sie in so dichterischen Worten niedergeschrieben hatte, gedruckt worden war.

Eine kleine Gruppe um eine Nonne herum erzählte, sie seien mein Fän-Klub aus Bad Lauterberg.

Ich verbrachte einen Abend mit dem Geistlichen in der Pizzeria da Capri, und saß ihm die ganze Zeit gegenüber. Es handelte sich um eine Variante von Herrn Girardot aus Paris, den seinerseits ich wiederum als milde, leicht eingeschmolzen wirkende Variation des Kritikerpapst Reich-Ranitzky bezeichnen würde. Doch Pfarrer Henzel war aus gänzlich anderem Geblüte. Nachdem er nämlich einen Wein gehoben hatte, bekam er jenen einfachen und doch so liebenswerten Scharm vom Pfarrer Koppelstatt, einem Herrn, der bei Lachen so bezaubernd die Nase zu kräuseln pflegt.

Pfarrer Henzel erzählte, daß ihn seine Frau vor einem Jahr verließ, und so fühlte ich mich tatsächlich ein bißchen an, wie eine Dame, die sich mit einem Herrn trifft, den sie durch eine ZEIT-Annonce kennengelernt hat.

Im Großen und Ganzen ein sehr netter Abend, doch zu später Stund wurde ein Alptraum für mich wahr. Als ich auf einem einsamen unbeleuchteten Parkplatz noch etwas aus dem Auto holen wollte, war mein Kurpastorenwohnungsschlüssel plötzlich verschwunden, und ich fand ihn nicht mehr. Es war bereits nach Mitternacht. In meinem Kopf drehte und wendete sich die Ratlosigkeit, und „dank" Mobblns Erbmasse in mir, zielte alles nur darauf, mir Sorgen zu machen. Auf dem Parkplatz war es viel zu dunkel, und die Autofunzel war viel zu matt, um mir den Weg zu dem Verschwundenen zu weisen.

Zum Glück war der Geistliche noch wach, und konnte mir mit einem Ersatzschlüssel aushelfen.

Montag, 25. August
St. Andreasberg

Vorwiegend wunderschön.
Hie und da kleine arielweiße Wattewölkchen

Ich erhob mich in überraschend schönen Sonnenschein, um auf dem Parkplatz nach dem verschwundenen Schlüssel zu suchen. Schon nach kürzester Zeit fand ich ihn in der Koffertasche, und somit konnte ein ganz gemütlicher Tag für mich anheben.

Ich übte emsig auf meiner Violine.

Hernach schaltete ich den Kurpastornefernseher ein, wo ein Report über eine zirka 25-jährige mongoloide Dame gesendet wurde, die ein ganz normales, und sogar sehr glückliches Leben führt, weil sie als Mongoloide so besonders gute Sensoren für das Schöne und Gute im Leben hat. Sie hilft im Kindergarten, indem sie Pausenbrote schmiert, mit den Kindern versteht sie sich wunderbar, und einmal in der Woche geht sie in die Flötenstunde. Sie liebt Musik, die Natur und Gedichte, und ist gerade verliebt. (In einen anderen mongoloiden Herrn.)

Sogar beim Eisessen und Turteln sah man das Liebespaar.

Abends war das Wetter so besonders schön: Rotgülden schimmerte die Sonne durch die 50er Jahre Netzvorhänge in die Wohnstube, in der ich übte, und auch die Aussicht gefiel mir sehr: Auf ein Picknick-Couplet und die saftig grünen Berge, die mich wie die Zacken einer Krone zu umgeben schienen.

Auf einem der Berge befindet sich die längste Rutschbahn der Welt: Zirka fünf Minuten lang rutscht der Rutschfreunde die Serpentinen hinab vom Gipfel in die Tiefe.

Beim Blick in dies Postkartenidyll rief ich die Oma an.

„Es geht mir nicht so sehr gut!" jammerte die Oma wie alle Tage. Sie muß sich ja noch aufgeregter fühlen, als vor einer Reise nach Peking, denn sie steht ja vor einer Reise in eine neue Dimension, von der bislang kaum jemand zurückgekehrt ist.

„Doch!" fiel mir ein, denn Frau Andreas hat ja bereits eine Nahtod-Erfahrung hinter sich, und weiß somit zu berichten, daß man nur aus jenem Grunde nicht mehr zurückkehrt, weil es in der nächsten Dimension so besonders schön ist.

Die Omi reichte den Hörer an die Tante Uta weiter, die derzeit zu Besuch ist.

„Du mußt ganz vernünftig sein. So, wie du das ja auch bist!" sagte die Uta vielsagend, da sie das Orakel ja nicht kennt. (Das Orakel von Grebenstein: Daß die Omi drei ihrer vier Kinder überleben wird.) Omis Kinder, insbesondere der Onkel Eberhard tun seit Jahren so, als stünde die Omi am Vorabend des Unvermeidlichen.

Bereits zur Weihnachtszeit 1994 sagte der Onkel Eberhard am Telefon auf eine theatralische Weise, die mich damals mitten ins Herz traf:

„Ich hoffe, ihr seid Euch dessen bewusst, daß dies für Mutter wohl das letzte Christfest sein wird!"

„Ciao!" sagte die Uta am Schluß, schneidend und gelangweilt in einem, grob und kurzangebunden, und legte einfach auf, grad so, wie sie es bei ihrer Schwiegertochter Cecilia nicht leiden kann.

Nach einer Weile verließ ich das Haus, um ein wenig in freier Natur zu joggen.

Vor meinem neuen Heim stand der Geistliche, der sich zum Gesprächskreis zurechtgebündelt hatte, und Kurs auf das Gemeindehaus nahm.

Freundlich und mit warmen Gefühlen bewunken wir uns.

Mein Weg führte durch den Kurpark, der gänzlich einsam, fast ein wenig unheimlich in der frühen

Abendsonne dalag. Mich bewehte der Gedanke, daß jener Unbekannten, der die Frau im Harz ermordet hat, noch immer auf freiem Fuße ist.

Am Abend aß ich im Speiserestaurant einen Fischteller. Den Ausdruck „Speiserestaurant" fand ich so lustig, und mußte dabei an Ming denken, der vom Ofenbacher Veterinär, Herrn Binder, mal als Klavierpianist bezeichnet wurde.

Als es dunkel wurde schaute ich „Beckmann":
Die 84-jährige Loki Schmidt schien einen leichten Wackelkontakt zu haben. (Parkinson). Jedoch fand sich noch kein graues Haar auf ihrem brünetten Pagenkopf.

Dienstag, 26. August
St. Andreasberg – Grebenstein

Wunderschön und ganz warm

Am Morgen träumte ich anstrengend und hochverdrießlich: *Daß es mir mit meiner Konzertreife-prüfung so ging, wie einem Drängler auf der Autobahn, der im Schwung des Geschehens plötzlich viel zu dicht am Po eines anderen Autos klebt. Plötzlich stand die Prüfung unmittelbar bevor, und viele Stücke, wie beispielsweise Ravels Tzigane und auch das hübsche Stück von Milhaud, das mir Buz extra herausgesucht hatte, beherrschte ich noch immer nicht, da ich einfach nicht dazugekommen war, mit den*

Vorbereitungen anzuheben. Und beim genaueren Betrachten der beiden Programme mußte ich mir eingestehen, noch kein einziges dieser sorgsam ausgesuchten Werke überhaupt jemals zur Hand genommen zu haben.

Ich frug Buz, ob ich die Prüfung wohl ein wenig verschieben dürfe, und Buz sagte gleichgültig: „Das kannst du machen wie der Pfarrer!"

Außerdem wollte ich statt des Elgar-Konzerts lieber das Tschaikowski-Konzert spielen. Buz gab zu bedenken, daß man beim Tschaikowski-Konzert allgemein <u>sehr</u> kritisch sei.

Diese ernsten Worte Buzens nahm ich aus dem Traum mit in den Alltag, und legte die Kassette mit Gidon Kremer als stolzem Gewinner des Tschaikowski-Wettbewerbs im Jahre 1970 ein. Ich versuchte mitzuspielen, stellte jedoch bald fest, daß dies ein Ding der Unmöglichkeit war. Der junge Gidon Kremer schlug Tempi ein, die mir derart fremd waren, daß ich mich fühlte, wie jemand, der sich in ein Hemd schmiegen möchte, daß ihm um einige Nummern zu groß ist.

Beim Üben freute ich mich so sehr auf Onkel Dölein vor, und auf Ella & Uta freute ich mich ein kleines bißchen, auch wenn ich den dortigen Besuch nur als Durchgangsphase zum Glück ansah.

Ich schaute „Brisant":

Erzählt wurde von Günther Kaufmanns* falschem Mordgeständnis.

*Mohr und Tatortstar

Man hatte gemeint er sei ein Mörder, der einen Steuerberater auf dem Gewissen habe. Doch nun kam ans Tageslicht, daß das Geständnis falsch war, und somit öffneten sich ihm nach einem nur neunmonatigen Knastaufenthalt die Gefängnistore. Muß man da nicht an den Konstantin in Ofenbach denken? Einen Herrn für den sich ebenfalls überraschend die Gefängnistore geöffnet haben, nachdem er eine Weile lang in einem Knast in Rumänien verschwunden war. Zu Unrecht, wie sich bald darauf herausstellte.

Wieder zwickte die Zeit, so daß ich mein anvisiertes Picknick gar nicht genießen konnte. Ich hielt es an einem staubigen Autobahneck ab, und das ungestüme Brausen der Autos deutete ich für mich als Brandung des Meeres um.

In Grebenstein war ständig besetzt, so daß man hätte meinen können, das Utelchen telefoniere mit dem Bestattungsinstitut?

Wie meist besuchte ich in Grebenstein zunächst den Friedhof. Einen Ort, wo mich ein unerhörtes Wohlbehagen zu erfassen pflegt, und die Zeit zum Stillstand zu kommen scheint. Dort wartet das Gefühl „angekommen" zu sein.

Ich besuchte den Opa Gerhard, und fand es so aufregend, daß sich irgendwo ganz in meiner Nähe sein historisches Gebein befindet.

Auf dem Burgberg lief ich mit meinem Rucksäckchen an der Schröderschen vorbei und dachte stellvertretend für sie: „Schau an! Jetzt kommt sie extra ohne ihre Geige, um uns nicht auf die Nerven zu fallen!"

Das Utelchen empfing mich mit den Worten: „Es geht ihr nicht gut. Du mußt vernünftig sein, und nicht so…" und dann imitierte sie mit völlig unpassenden Worten eine theatralische Begrüßung, wie ich sie der Omi in ihrer Fantasie wohl gleich würde angedeihen lassen, wenn sie mich nicht zum Vernünftigsein ermahnt hätte. Worte, die mir gänzlich wesensfremd waren, und in meinem Gehirn augenblicklich zu Staub zerfielen. Geknickt mußte ich mir eingestehen, daß mir keine einzige meiner beiden leiblichen Tanten wirklich taugt, da ich mich in ihren Sinnen völlig fehlspiegele.

Der Leser muß es sich in Etwa folgendermaßen vorstellen: „Man frisiert sich, setzt ein Lächeln auf und blickt in den Spiegel – doch aus dem Spiegel heraus blickt einen eine fremde, ungekämmte Person mit mürrischem Ausdruck an…

Die Uta war mir so fremd, daß ich es kaum glauben konnte, daß dies meine Tante sein soll, zumal sie mir die ganze Zeit aus dem Wege ging. Kaum war ich da, da sah es das Utelchen schon als willkommenen Anlaß, sich aus dem Hause zu stehlen.

Die Oma telefonierte ganz friedlich mit ihrer Großnichte Marion, da sich der nahende Exitus in der Familie herumgesprochen hat, und ein jeder noch ein Abschiedstelefonat führen möchte.

Ich setzte mich in Omas Windschatten, und nachdem die Oma zuende telefoniert hatte, sprach ich darüber, daß ich es seltsam fände, daß mich die Uta gleich mit den Worten empfängt, ich solle ganz vernünftig sein! Grad so, als wolle ich Onkel Dölein morgen aufpicken und gleich als Erstes sagen: „Du mußt aber ganz vernünftig sein. Hörst du?"

Nach einer Weile wurde die Omi über Utelchens Verbleib sehr ärgerlich, und sagte: „Ich muß doch essen. Ich möchte mal wissen, was sich das Mädchen dabei denkt?!" Und dabei war´s doch erst viertel nach sechs!

Doch die Oma wurde immer ärgerlicher und steigerte sich in den Ärger über ihre mißratene Tochter regelrecht hinein.

Dann rief allerdings ihre Nichte Gudrun an, und ich nutzte die Zeit, um ganz schnell in der Küche ins Tagebuch zu schreiben. Doch ich kam nur Zentimeterweise voran, und mußte ja lachen, wenn ich daran dachte, daß ich sogar erwogen hatte, die Violine mitzunehmen.

Das Utelchen kehrte kurz wieder, um augenblicklich zur Familie Wies weiterzuziehen.

„Schätzchen, ich bleibe so lange es mir Spaß macht!" sagte sie auf leicht aufsässige Weise zur Oma und wegwarse.

Ob ich Onkel Dölein wohl dazu weichklopfen könnte, morgen „kurz" mit nach Grebenstein zu kommen, um der Oma die Hand zu drücken? Etwas, das doch irgendwie ergreifend wäre! Doch Döleins

Urlaub in Europa ist knapp bemessen wie ein kleines Taschentuch, auf dem man sich umständlich ausbreiten möchte.

Ich erinnerte mich an die Urläube unserer Kindheit und Jugend. Wir hatten große Pläne, doch meist blieben wir zunächst bei der Oma in Grebenstein, und später bei Opa & Mobbln in Ofenbach kleben, und dann war der Urlaub um.

Wir waren dennoch fröhlich und guter Dinge. „Srilanka läuft uns doch nicht weg. Es hat ja keine Beine!" riefen wir lachend und froh, wie die rundum glückliche Familie in der Werbung für die Wagner-Pizza, und:„Am Schönsten ist es doch bei unseren Lieben!"

Und so stellte ich mir nun den Urlaub mit Onkel Dölein vor: Große Pläne, mit viel Liebe zum Detail ersonnen – aber wir bleiben bei der Oma kleben, und übermorgen gibt´s in der Nachbarschaft hinzu eine Geburtstagsfeier: Meine liebe Freundin Edith wird stolze 61.

Ich besuchte die Burg, schaute von oben auf Grebenstein drauf, und dann schaute ich auch noch durch ein anderes Fenster der Burg, und auf dem Heimweg stahl ich einen Apfel, den mir ein Ast, der aus einem Grundstück ragte, zu reichen schien.

Die Uta hatte der Omi so schöne Brötchenhälften zubereitet. Voll Behagen setzten wir uns nieder, doch einmal lief ich zum Auto. Angeblich um zu schauen, wann Onkel Dölein morgen in Kassel ankäme, doch draußen war´s so schön, daß ich ganz lange aushäusig blieb.

Vielleicht, so sinnierte ist, war ja das Utelchen aus jenem Grunde so nervös, weil sie davon ausgehen muß, die Omi morgen zum allerletzten Male lebend zu sehen. Wenn das Orakel stimmt, so könnte dies zwar sein – so jedoch von der anderen Seite her?

Dann hatte das Utelchen auch noch ein feines Abendessen gekocht, und nachdem wir uns die ganze Zeit unbewusst aus dem Wege gegangen waren, saßen wir uns nun gegenüber. Das Utelchen referierte die ganze Zeit darüber, daß ich in Theater-sprache zu sprechen pflege, so daß alle Leute über mich dächten: „Die hat doch einen kleinen Hau!"

Dererlei denkt man allgemein über das Utelchen doch auch? Dies jedoch sagte ich nicht, da es gar zu returkutschelig klänge – und Returkutscheleien mir seit frühester Jugend zum Ekel sind, da sie mich so an das böse Uschilein erinnern, deren ganze Gesprächs"kultur" nur darauf aufzubauen scheint?

Nach einer Weile hatten die Themen einen Hakenschlag gemacht, und nun referierte die Uta über das Publikum in Rom, das gerad so wie sie selber, mit den Asiaten absolut nichts anfangen kann. Worte, die Buzen sicherlich auf die Palme gebracht hätten.

Entgegen Utelchens Ratschlag breitete ich den schäbigen braunen Streckdiwan in der Stube aus. Kaum nächtigte ich los, da spürte ich, daß mein

Entschluss goldrichtig war, denn ausgerechnet auf diesem Diwan verspürte ich eine solche Schlafenssüße…

In größter Vorfreude auf Onkel Dölein schlief ich ein.

Mittwoch, 27. August
Grebenstein – St. Andreasberg

Graublau verquollen.
Die Wolken erinnerten an Quallen im Ozean

In Vorfreude auf Onkel Dölein gehüllt, fühlte ich im Morgengrauen jenen juvenilen Erhebunsschwung, der sich so wohltuend vom anstrengenden Erhebungsgeächze eines normalen Ü40ers abhob, und mich in jene Zeiten zurückversetzte, als uns der Opa in Taiwan besuchte. Vor Freude über den Besuch konnte ich in der Nacht gar nicht einschlafen, und mit dem Opa war das Leben auch so wunderschön – wenn er sich im Laufe des Besuches auch leider als schrecklicher Langschläfer entpuppte. Etwas, was Omi Mobbl ein Leben lang zur Weißglut gebracht hat.

Wenn wir Mittags aus der Schule heimkehrten, so schlief er immer noch! Rehlein flüsterte, und ermahnte uns, leise aufzutreten....

„Lieber Gott!" stöhnte meine kleine vom Tode vergessene Omi in der angrenzenden Schlafstube.

Ich begrüßte das alte Mütterlein, und so wie einst beim Opa, fühlte sich das welke Ärmchen so warm an.

Die Oma mutmaßte über und über, daß das Mädchen (in diesem Falle war Frau Wies gemeint) vielleicht nicht kommt, und tatsächlich kam´s mir auch so vor, denn als ich mal zum Auto lief, sah man, daß das Mädchen sich noch nicht mal vom Horizont gelöst hatte – (Man sah´s natürlich *nicht*!)

Das Utelchen schlief im Teezimmer, und auf dem kleinen Schränkchen lagen ihre Gauloises-Cigaretten, so daß man´s kaum glauben mag, daß das wirklich eine leibliche Tante von mir sein soll?

Schweren Herzens weckte ich das Utelchen – so jedoch anders, als man seine Tante eigentlich wecken sollte. Statt mit zärtlichen Küssen, mit verlegen und leis vorgetragenen Worten im Türrahmen, die verkündeten, daß ich jetzt auf den Bahnhof müsse.

Ich hatte Onkel Döleins Ankunftszeit zu Sicherheitszwecken nämlich ein bißchen herangekurbelt und großzügig auf 8:32 geschätzt. Und dabei würde er meinen realistischen Berechnungen zufolge allerfrühestens um 10:38 in Wilhelmshöhe eintreffen.

„Dann wünsch ich dir ´ne schöne Reise!" brummte das Utelchen nicht unfreundlich so doch relativ emotionsfrei, und ich wiederum stahl mich bald darauf auch tatsächlich aus dem Hause.

Beim finalen Blick auf meine Oma erging´s mir schon wieder so, daß ich mich bang frug, ob das jetzt wohl der letzte Anblick war?? Von diesen marternden Gedanken getrieben, mußte ich schnell noch ein zweites- und sogar drittesmal hinschauen, doch tief im Inneren glaubte ich es eigentlich nicht, und verbot mir somit, ein viertesmal hinzuschauen, bloß damit die letzten drei Anblicke nicht die letzten gewesen sein sollten.

Ich fuhr in einer leider etwas trüben Wetterlage ab. Es herrschte eine graue, vollkommen sonnenübertünchende Bewölkung.

Dann begann eine Zeit des Bahnhofsbehagens. Eine Leidenschaft, die tief in meinen Genen verankert ist: Die Liebe zu Bahnhöfen und zur Eisenbahn, die mich seit frühester Kindheit ganz trunken macht.

Ich frühstückte in dem Lokal „Prost Mahlzeit" einen Apfelstrudel.

Zunächst ließ ich es locker angehen, doch ab 10.35 rechnete ich dann doch mit dem Onkel. Bei jedem Zug aus Frankfurt stand ich erwartungsfroh am Bahnsteig. Der Zug trudelte ein und der Onkel stieg nicht aus, auch wenn sehr viele Herren von hinten so ähnlich ausschauten wie Onkel Dö, der seines Zeichens von hinten wiederum wie eine Dame mit leicht gebogenem Rücken ausschaut.

So wäre der Onkel immer nur „fast" dabeigewesen, und für mich ist es immer schon eine leichte Freude, wenn etwas „fast" stattgefunden hätte.

Erst um viertel vor zwölf sprach mir Onkel Dölein auf die Mail-Box, und ich erfuhr, daß er soeben erst in *Frankfurt* eingetroffen sei.

Mit diesem neuen Wissen behaftet rief ich in Grebenstein an. Ich erfuhr, daß die Uta grad hier auf dem Bahnhof Wilhelmshöhe um 13.17 wieder aus unserem Leben gesaugt werden würde.

An der Uta hatte ich während diesem Besuch wenig Freude gehabt, so daß ich sie auch nicht groß vermissen würde. Stattdessen aber liebte ich die Omi plötzlich geradezu ungeheuerlich.

„Ich hab dich so lieb!" sagte meine kleine Oma am anderen Ende der Leitung, und es klang so ehrlich und warm, und hinterher hatte ich plötzlich so großes Heimweh nach dem kleinen Lebenslicht und weinte fast. Ich war drauf und dran, schnell noch nach Grebenstein zu fahren, mich neben die kleine Oma zu setzen, um noch zwanzig Minuten an ihr herum zu genießen, bevor ich dann wieder zum Bahnhof fahren mußte?

Aber dann blieb ich doch am Bahnhof haften. Um 13.10 stürmte ich auf das Utelchen zu, das ganz plötzlich einfach so, wie ein Pilz, der aus dem Boden geschossen war, auf dem Bahnsteig stand. Diesmal war die Uta wirklich nett, und später erfuhr ich von der Oma, daß es im Utelchen geknabbert habe, dieweil es so nervös gewesen sei.

Jetzt freute sich die Uta, mich nochmals zu sehen, und ich war auch so nett und sonnig, kundschaftete für sie aus, wo das Bordrestaurant sein soll, und zog ihr sogar ihr grünes Köfferchen genau dorthin, weil man sich ja denken kann, daß das Utelchen die wiedergewonnene Freiheit im Bordrestaurant mit einem kleinen Umtrunk feiern möchte.

„Unfassbar wär´s natürlich gewesen, wenn ich jetzt den falschen Koffer gezogen hätte!" bescherzte ich das Utelchen noch mit einem verbindenden Augenzwinkern.

Ergreifend wäre es wiederum gewesen, wenn jetzt Onkel Dölein dem einquietschenden Zug entstiegen wäre.

Aber nein! Das Utelchen stieg ein, und verschwand hinter den getönten Scheiben Richtung Bordrestaurant meinem Leben.

Daß sich Dölein und Utelchen nach sooo vielen Jahren des Nichtgesehenhabens auf dem Bahnhof um drei Minuten verpasst haben!

Doch der Onkel traf erst um 14.30 in Kassel ein.

Wer hätte jetzt gedacht, daß wir doch noch zur Omi fuhren?!

Vor dem Hause trafen wir die gute Fee aus Veckerhagen. Eine Dame namens Lore aus der erweiterten Verwandtschaft. Gemeinsam bewegten wir uns Richtung Omi, und die Schrödersche öffnete uns die Türe.

Mir gefiel es, entfernte Verwandte der Gegenpartei durch Onkel Döleins Augen wie neu kennenzulernen.

Die Omi saß in der Stube am Tisch, und wirkte leider so schrecklich blind und klapprig. Doch die Begrüßung verlief sehr schön, indem die Oma sogar in warmer Ergriffenheit nach Döleins Wangen patschte!

Wir saßen eine Weile beim Kaffee, und einmal rief Buz aus China an. Buz klang so leis, als wäre er fast gar nicht da, doch man spürte, wie er sich besorgt nach der Omi erkundigte, und als er hörte, daß Onkel Dölein dasäße, freute sich der süße Buz über einen Kaffeegast in vielen tausend Kilometern Entfernung.

Bald darauf fuhren Dölein und ich in Waschküchenwetterlage nach St. Andreasberg. Wir quälten uns durch den zähen Stadtverkehr in Kassel, und summa summarum war´s auch nicht viel anders, als lande man in Shanghai, und würde vom Flughafen zum Hotel gebracht.

Im Kassler Innenstadt-Verkehr rief Dölein Rehlein an, und später, am Rasthof Göttingen erzählte der Onkel, daß Rehlein so nervös gewesen sei, da es Rehlein immer mit der größten Nervosität erfüllt, wenn jemand aus der Verwandtschaft um die halbe Welt reist. Was alles passieren könnte!

Ich erzählte dem Onkel, daß Buz mehr oder minder gegen seinen Willen in China ganz groß herausgebracht werden soll. Buz hatte gemeint, er würde ein bißchen unterrichten, und stattdessen war die ganze Stadt mit hausgroßen Bildern und Plakaten von ihm behangen und zugepflastert.

Buz hat nämlich einen ganz besonders ehrgeizigen Manager kennengelernt, der ihn als Geiger, Lehrer und Interpret groß herauszubringen gedenkt. Bald gibt es unseren Papa womöglich gar in Form chinesischer Briefmarken?

Wir trafen in St. Andreasberg ein. Ich zeigte Onkel Dölein meine kleine reinliche 50er Jahre Wohnung, und dann quartierten wir den Onkel in der Pension Edelgard ein, die an der steilsten Straße Europas steht. Einer Straße, an der man eigentlich gar nicht anhalten kann, da das Auto auch mit gezogener Handbremse augenblicklich rückwärts in die Tiefe rollen würde. Die Straße ist ja fast überhängend, und meistens schafft man oben den letzten Ruck nicht mehr, wenn es sich der Leser bildlich vorstellen kann?

Doch wir schafften es.

STEILSTE STRASSE EUROPA

Das schäbige, aber reinliche, wenn auch geschmacklose Zimmer kostete 24 €uro, und der Onkel fand´s „günschtig". Die Herbergsleut, das Ehepaar Weiß, wohnt in einer äußerst geschmacklosen Wohnung. Doch nun standen die Eheleute im Türrahmen, und schauten sehr interessiert auf den weitgereisten Onkel drauf, der auf ansprechende Weise erzählte, daß er aus den USA käme.

Genußvoll listete er auf, wen er hier alles zu besuchen gedächte: Tante, Schwippschwager, erster Freund seiner Schwester, Exschwager seines Bruders…

Am Abend saß ich mit Onkel Dölein in der Pizzeria „da Capri", so daß es auf den Kellner vielleicht tatsächlich so gewirkt haben mag, als hätte ich eine Anzeige in der ZEIT aufgegeben, und würde mich heut mit dem zweiten Kandidaten treffen, da er sich gewiss daran erinnerte, daß ich vorgestern mit Pfarrer Heinzl dasaß. Wir setzten uns gar auf den gleichen Platz am Fenster, und dadurch, daß ich ja das letzte Mal mit einem Geistlichen hiersaß, schien´s mir nun heute so, als wäre Dölein auch ein Geistlicher.

In der Speisekarte stand an einer Stelle zu lesen „Für unsere Kleinen", und Onkel Dölein in seinem köstlichem Humore sagte: "Gibt´s auch etwas „Für unsere Alten?"

Wieder aß ich die gleiche Knoblauchpizza wie beim letzten Mal. Dazu gab´s Gurkensalat und hinzu tranken wir Wein.

Onkel Dölein erzählte von seiner Schwiegerfamilie, den Staggs, die sehr rechthaberisch sei. Auch seine Frau Debbie, die sich morgens ungenießbar, abends jedoch ganz bezaubernd zu geben pflegt, bekäme zwischendrin öfters mal einen Wutanfall, und immer geht es dabei darum, wer wohl recht hat, oder auch nicht.

Onkel Dölein gab ein äußerst großzügiges Trinkeld: Die Rechnung von 24,40 €uro rundete er auf dreißig €uro ab, so daß der Kellner leicht beschämt, aber auch angenehm überrascht war. *Noch überraschter wäre er allerdings vielleicht gewesen, wenn ich später, wenn er uns bereits inmitten einer heißen Nacht gewähnt hätte, nochmal in sein Lokal gekommen wäre, um einsam weiterzuheben?*

Von Rehlein am Telefon erfuhren wir, daß der Onkel Andi verärgert sei, da man doch heut auf Döleins Erscheinen eingestimmt gewesen war.

Erschrocken und ganz zerknirscht riefen wir in Blankenfelde an, und tatsächlich sagte das Anderle auf seine leicht behäbige Art: „Wir waren etwas verärgert!"

Hatte es nicht geheißen, Onkel Dölein würde direkt von Frankfurt nach Berlin reisen?

Onkel Dölein entschuldigte sich wortreich, und schob das Unverzeihliche auf sein beginnendes Alter. Doch das Dumme bei vielen Menschen ist, daß sie gar nicht auf verbale Bücklinge anspringen, und stattdessen die eigene Verärgerung noch etwas genauer ausführen, so daß man sich nach dem Telefonat weiterhin zerknirscht und beklommen fühlen muß. Wir schrieben extra noch eine Postkarte („Post aus St. Andreasberg") voll mit rotohrigem, heißem Entschuldigungsgestammel, und warfen sie zu später Stund auch noch in den Briefkasten.

Dann brachte ich den Onkel in tiefster Dunkelheit zu seiner Pension.

Onkel Dölein probierte den Schlüssel versehentlich an der falschen Türe aus, nämlich jener der Eheleute Weiß, über die ich heute schon gesagt hatte: „...und schon haben wir neue Freunde gefunden!"

Als ich wieder in meiner einsamen Wohnung war, übte ich noch bis weit nach Mitternacht auf meiner Violine.

Donnerstag, 28. August
St. Andreasberg – Hahnenklee

Eher etwas bewölkt

Nur dadurch, daß Onkel Dölein jetzt zu Besuch ist, fiel meine Morgendeprimanz („Ach herrje – schon wieder das Ende der bergenden Nacht!") am Morgen einfach aus. Ich schlummerte zwar noch eine Weile lang unter der Kurseelsorgebettdecke doch dann erhob ich mich und übte noch eine Dreiviertelstunde lang, bevor ich zur Pension Weiß aufbrach.

Der gemütliche Onkel mit seinen zu zerfleddern drohenden Zahnresten in der Lächelzone, saß bereits am Frühstückstisch.

Ich war überrascht zu sehen, daß der Onkel doch nicht der einzige Herbergsgast war. An einem anderen Tisch saß eine dreiköpfige Familie mit Söhnchen, die trotz der Sommerzeit ein bißchen die Ausstrahlung verströmte, man befände sich im Schiurlaub. In den verfärbenden Erinnerungen der Jahre würde sich mir diese Familie in Wollpullovern und schweren Winterstiefeln aufpixeln. Der Herr wirkte sehr nett, doch über die Frau sollte ich wenig später von Onkel Dölein erfahren, daß es sich um eine ganz spröde und zugeknöpfte Person handele: Sie wollte aus einer Türe treten, doch der Onkel stand davor. „Oh, Entschuldigung!" habe der Onkel ganz erschrocken ausgerufen, „jetzt habe ich Ihnen den Weg versperrt!" Worte, denen man im zwischenmenschlichen Miteinander doch mit einem kleinen verbindenden Lächeln oder Augenzwinkern hätte begegnen können? Doch nichts dergleichen geschah. Nach Art einer rauhfutterverzehrenden Großvieheinheit blickte sie dumpf durch den Onkel hindurch.

Und wenig später habe der Onkel vergessen, seinen Schlüssel abzugeben, und trug ihn baumelnd an seinem Zeigefinger zur Rezeption.

„Ich habe meinen Schlüssel vergessen!" habe der Onkel auf summende Weise gesagt, doch die Frau schaute ihn nur mondkalbhaft an, und man hätte das doch wenigstens ein klitzekleines bißchen lustig finden können, sagte der Onkel so süß!

Nun saßen wir aber erstmal beim Frühstück beieinander.

Herbergsvati Ernst Weiß stand kontrollierend herum, so daß man sich vielleicht, wie böse Zungen denken würden, nicht ganz frei fühlen konnte. Doch wir erfuhren, daß es wegen der zarten Tassen sei, wo man den Kaffee nicht so brutal hineingießen dürfe.

Allgemein war der Onkel, obwohl's dort leider ganz kitschig und geschmacklos ausschaut, mit allem sehr zufrieden, und auch das Frühstück mundete ihm, zumal Mutti Elfriede sich morgens vielleicht früh erhebt, um die Käselappen für die Gäste glockenförmig einzurollen.

Wieder erzählte ich von Buz in China:

Buz wollte eigentlich nur unterrichten, doch dann sagte er zu, ein kleines Konzert für die Studenten zu geben. Mit Werken, die er gerade geübt hat. Buz ahnt nicht, daß der Manager, anders als viele andere Manager, nicht auf „Jugend", sondern auf „Reife" setzt, *und bereits dafür gesorgt hatte, daß rührende und nostalgische Artikel in den Zeitungen erschienen sind. Man möge über kleine Gedächtnislücken und vielleicht Intonationstrübungen hinwegsehen, denn es sei sooo rührend und ergreifend wie der alte Mann spiele! Selbst Hartgesottenen und gänzlich Unmusikalischen würden Tränen in die Augen steigen.*

Am Vorabend des Konzerts ruft der Manager Buz ständig an und sagt Dinge wie: "Könntest Du nicht noch die Chaconne auf's Programm setzen? Möglichst viele Zugaben, denn die Chinesen kommen ja – grad bei Geigern – hauptsächlich wegen der virtuosen Zugaben ins Konzert, die den köstlichen Nachspeisen nach einem opulenten Mahl entsprechen!"

„Die Chaconne habe ich seit meiner Jugend nicht mehr gespielt – und ohnehin konnte ich damals nur vier Zeilen davon!" verrät Buz.

„Ach was!" Der Manager nimmt Buz nicht ernst, und hält Buzens Wort für dick aufgetragene und unangemessene Bescheidenheit, „du schaffst das. Das weiß ich!"

Später plauderte Onkel Dölein noch ganz lange mit Herrn Weiß, und ich hatte das Gefühl, Herr Weiß sei fasziniert von meinem geliebten Onkel, denn auf dem Gesicht des alten Herrn zeigte sich wiederholt warmer Sonnenschein, der die eingekerbten Züge erhellte, die seit Jahren von keinem Lächeln mehr beleuchtet worden sein dürften.

Ich nahm den Onkel mit in meine Wohnung und erzählte ihm Geschichten und Verzweigungen der Familie und des Bekanntenkreises. Dann übte ich ein bißchen für den Abend, und stellte mir vor, wie ich *üb´, und der Onkel als Mann vom Fach hie und da kritische Bemerkungen hereinruft: „Ich kapier gar nichts! Wo ist der Schwerpunkt? Das Dis pflegst Du oftmals zu tief zu intonieren! Würdest Du da bitte drauf achten??"*

Ich gab Rehlein die Nummer von der Kurseelsorge-Wohnung durch, und das eifrige Rehlein rief natürlich sofort zurück.

„Kurseelsorge!" meldete sich Onkel Dölein so nett, und wieder wurden Fäden zu Döleins Urlaubsgestaltung gesponnen: Haben wir nicht Verwandte im Harz? Rehlein rief die Tante Irma an, und gab uns wenig später die Telefonnummer von Irmas Sohn Martin durch.

Gegen Mittag verabschiedeten wir uns aus diesem Ort und fuhren Richtung Hahnenklee. Milch und Butter hatte ich der Frau Fehl geschenkt, doch Frau Fehl war gar nicht zu Hause, und bloß ihre sehr freundliche, zirka 13-jährige pummelige Tochter hatte sich so nett darüber gefreut.

Zuerst fuhren wir nach Clausthal. In dieser wirklich häßlichen und farblosen Stadt machten wir aus jenem seltsamen Grunde Station, Postkarten zu kaufen, da sich eine Professorin aus Trossingen eine Postkarte aus ihrer Heimatstadt gewünscht hatte.

Onkel Dölein ist´s vielleicht von der Debbie her gewöhnt, daß man als Frau erstmal bis auf weiteres im Kaufhaus verschwindet?

Diesmal kaufte ich sogar vier Postkarten obwohl man gar nicht so recht weiß, wem man die schicken solle?

Ganz tollkühn sprach ich Irmas Sohn Martin auf´s Band, obwohl ich gar kein rechtes inneres Bildnis von denen hatte: Die Antje (Martins Frau) klang auf dem Anrufbeantworter ganz ähnlich wie die Irma, und ich fühlte mich beim Aufsprechen der

Botschaft, daß Onkel Dölein aus Amerika zu Besuch sei, und es ihm ein Herzensanliegen wäre, seinen Vetter Martin kennenzulernen, leicht förmlich und befangen an. Hinterher malte ich mir aus, *wie die Antje, die ich durch Irmas Anekdötchen als älteres Sahnehaupt assoziierte, vielleicht ausruft: „Jesses!! Die wollen doch hoffentlich nicht bei uns übernachten!"* und fühlte mich ein wenig so, als hätte ich mich in die Nesseln gesetzt.

Später fuhren wir nach Wildemann und riefen gar die Irma an. (Ein Reim, der sich ganz von alleine gebildet hat.) Wir erfuhren, daß die Eheleute „Am Hüttenberge 2" wohnen, und das zu diesen Worten passende Straßenschild schob sich mir in die Sichtlinie, während mir die Irma noch beschrieb, wie man wohl dort hingelangt. Kein Wunder, denn in ganz Wildemann gibt es nur zwei Straßen.

Leider waren die jungen Leute nicht daheim, und so schrieb ich denen eine Karte mit „Grüßen aus Clausthal-Zellerfeld" obwohl sie dort doch eben auf Maloche waren.

Dadurch, daß ich die Antje doch gar nicht kenne, schrieb ich: „Liebe Frau Becker und lieber Martin!"

Wir freuten uns sehr, denen eine Karte in den Briefkasten geschoben zu haben.

Jetzt fuhren wir erstmal nach Hahnenklee, einem Ort, der leider auch nicht so besonders schön ist, auch wenn es einen Springbrunnen und einen kleinen See gibt.

Dölein und ich bezogen das Nobelhotel „Am Kranichsee" (Vier Sterne).

An der Kirche galt´s, auf den Kirchenmusikus Martin H. zu warten. Er, der mich willkommen hieß, und mir den Schlüssel überreichte, verspätete sich allerdings leicht.

Zu vorgerückter Stund begann das Konzert:

Das Violinspiel in der Kirche klang zwar trocken, aber dafür sehr klar. Ich bemühte mich um Genialität, doch bei der Ysaye-Sonate fühlte ich mich ziemlich aufgeregt. Ich fand das Publikum ein bißchen sehr seniorenlastig und schwerfällig, doch der Onkel müsste doch eigentlich ergriffen sein, dachte ich hie und da beim Spiel. Besonders an der einen Stelle kurz vorm Ende der Bachschen Chaconne, versetzte ich mich in den Hörenden hinein.

Dann war´s vorbei.

Wir erlebten eine unerhörte Freude: Martin und Antje waren gekommen, und die waren nettttt!!!! Ich schwebte auf einer von warmen Gefühlen getragenen Wolke der Freude, und liebte die frisch-gewonnen Verwandten von der ersten Sekunde an geradezu unglaublich!

Endlich erfuhr ich auch, welcher Arbeit die beiden heut nachgegangen sind. Martin ist Ingenieur von Beruf und die Antje arbeitet als Diplom-Psychologin im Kinderheim.

Gedacht hatte ich nämlich, sie betrieben in Wildemann die Frühstückspension „Antje".

Den Abend beschlossen wir in einem jugoslawischen Lokal. Ich saß zwischen Onkel Dölein und Herrn Hoffmann, dem Kirchenmusikus, in dessen Aura ich ständig das Wörten „genau" sage, das ich ansonsten kaum je zu nutzen pflege. Dort, wo ein normaler Mensch schlicht „ja" oder „mhm" sagt, sage ich „genau!". Sogar dann noch, als ich mir gerade vorgenommen hatte, nicht mehr „genau" zu sagen, sagte ich trotzdem nochmal „genau!" - und etwas unhöflich von mir war's vielleicht, daß ich mich ständig zum Nebentisch mit den anderen Verwandten hindrehte? Leicht übertrieben für eine Großkusine fühlte ich mich wie eine Mutti, die ihr Baby zur Adoption freigegeben hat, und sich erstmals nach 45 Jahren mit dem erwachsen gewordenen Sohne trifft, der hinzu noch so eine liebe Ehefrau hat.

Ich kenne den Martin schließlich hauptsächlich von einem Babyfoto in uns'rem grünen Album in Ofenbach.

Onkel Dölein hatte sich derweil mit dem Kimu H. festgeplaudert, und erfahren, daß dieser auch einmal mit einer Amerikanerin verheiratet war.

„Dann weiß er ja, wie du leidest!" sagte ich auf dem Heimweg scherzend.

Freitag, 29. August
Hahnenklee – Blankenfelde

Regnerisch. In Blankenfelde manchmal mild-herb.
Dann wieder wilde Regengüsse

Schon in der Nacht hat man einen ganz
beständigen Regen aufplätschern hören. Triefend aus
neblig-blassen Wolken, wie ich´s schon lange nicht
mehr erlebt habe.

Ich erhob mich in Vorfreude auf ein Frühstück,
und auch Onkel Dölein trat soeben aus dem
Zimmer 133 in den Flur hinaus. Die trübe Nisel-
atmosphäre hatte sich auch in den hellrustikalen
Frühstücksraum gestohlen, und wir frühstückten
sehr nett vor uns hin. Onkel Dölein war ganz
fassungslos, daß man hier Hunde ins Lokal
mitbringen darf. Die Hunde lagen wie Teppich-
vorläger einfach nur herum.

Um halb zehn kam der baumlange Orgler,
Organist und Organisator Herr H., um die Finanzen
abzuwickeln, und Onkel Dölein retirierte sich sogar
diskret. Doch vor der diskreten Retirierung frug er
auf aufmerksame Weise noch nach eventuell ver-
kauften CD´s. Der Kantor wußte von nichts, und
mutmaßte, daß eventuelles Geld in der CD-Schachtel
liegen könnte.

Die Sorge um mich, die man allgemein im
Verdacht hat, grad wie mein Vadder nie auf´s Geld
zu schauen, hatte den Onkel dazu veranlasst, über

seine Schatten zu springen und seine Schüchternheit niederzukämpfen.

Ich hatte vergessen, nachzuschauen von welchen Verlagen die Noten kämen, und bekam vor Schreck kurzfristig eine ganz stacksige Ausstrahlung wie ein Kind das keine Hausaufgaben gemacht hat. Doch dann fiel mir ein, daß die Noten doch im Geigenkasten sind und ich hurtelte in ähnlich schwungvollem Bestreben wie Kehlein damals, als sie nach ihrer Einschulung nachhause raste um zu eruieren, ob wir kandelisch oder evangolisch seien, ins Zimmer 142.

Herr H. hatte sich erneut mit Onkel Dölein festgeplaudert, und wir erfuhren, daß er sich so glühend wünsche, eines Tages eine Stelle in Boston zu bekommen, weil's ihm dort so sehr gefallen hat. Doch nun hängt er bis auf weiteres im trüben Hahnenklee fest, und von der neuen Wetterlage heißt es, sie würde nun bis Ende Mai so weitergehen – unterbrochen vielleicht von Schneephasen.

Es sind die Gedanken und Erinnerungen an Amerika, die Herrn H. über diese Zeit hinweghelfen. Einmal habe er in einem Eishockey-Stadion vor 14 000 Leuten georgelt, wo Präsident Clinton eine Rede gehalten hat.

Wieder erzählte ich von meinem Papa in China, doch da Herr Hoffmann mich verlegen stimmt, konnte ich die Geschichte nicht so brillant erzählen, wie sie mir vorschwebte.

Nach einer Weile fuhren Dölein und ich über Goslar – Autobahn Braunschweig – nach Berlin zum Onkel Andi.

Geschichten über Döleins Schwiegerfamilie höre ich für mein Leben gern. Ich erfuhr, daß Onkel Dölein bei den Staggs im Rufe steht, „ständig herum zu argumentieren". Die Exfrau von seinem Schwager sei ganz giftig auf ihn.

Einmal war Onkel Dölein bei denen zu Besuch und scherzte mit einer kleinen französischen Austauschschülerein. Das kleine Fräulein reagierte freundlich und amüsiert, doch die Schwippschwägerin tobte los:

"Sogar kleine Kinder muß er immer ärgern!"

Zwiefach suchten wir eine Raststätte auf, weil die Fahrt eine Spur zu glatt vonstatten ging, und man nicht wußte, wie sehr man sich wohl auf die Verwandtschaft freuen solle?

Die Lisel tendiere ja eher zur Gegenpartei, - sprich, zur Debbie - und hat Onkel Dölein im Verdacht, immer bloß ironisch-argumentierend zu sein.

Zuerst rasteten wir am Rasthof Helmstedt, und auf dem trüben Parkplatz erzählte ich dem Onkel die Geschichte vom Pfarrer Brüsewitz, wenn auch stark verunsentimentalisiert:

Daß der Geistliche ein Zeichen setzen wollte, und sich auf dem Kirchenvorplatz von Zeitz in Flammen aufgehen ließ. Aus dem Zeichen sei man jedoch nicht schlau geworden, weil bei dem Feuer auch das halbe Transparent verbrannt wurde, das er gebastelt und aufgestellt hatte.

Für die Weiterfahrt kaufte ich uns je ein Eishorn, doch beim Zahlen bemerkte ich bestürzt, daß ich den Kirchenschlüssel von Hahnenklee dabei hatte, und mir somit während des Eisgenusses gleich Sorgen und Gedanken machen mußte.

Die zweite Rast legten wir kurz vor Blankenfelde in einer von außen eher schäbigen Raststätte ein, die jedoch innen soweit recht gemütlich war, auch wenn die junge Bedienerin – wie ja leider erschreckend viele Leute in Onkel Döleins Aurenbannkreis – nicht so besonders gut auf Humor ansprang.

Dölein und ich saßen uns an einem Tischlein gegenüber, und ich erzählte, wie Buz nun gezwungen sei, sich zwei knallharte Trainer zu mieten, die die ganze Nacht lang die Chaconne mit ihm einüben. Einer ist für die technische Umsetzung zuständig, der andere für Ausdruck und Musikalität.

Und dann erzählte ich dem Onkel von dem besonders ehrgeizigen russischen Pianisten Alexej Sultanow, der es genau so hielt, als er am Tschaikowski-Wettbewerb teilnahm. Links ein drahtiger Professor, rechts eine verstaubte Babuschka vom alten Schlage, die ihr Ohrenmerk auf den musikalischen Ausdruck lenkte, und beide schwatzten ohne Punkt und Komma, und hinzu mitten in das Spiel des Pianisten hinein.

Wir waren angekommen:

Durch die Glastür, die ins Foyer führt, das sich die beiden Mieter des Hauses als Vorraum teilen, sah man, daß der Onkel Andi, den ich doch auf Maloche wähnte, daheim war.

Wie eine Kanonenkugel donnerte Andis grauer, großer Lappohrhund Ada auf uns zu. So sehr freute sie sich über den Besuch.

Doch auch Andi und Lisel waren sooo nett, und man durfte mit ansehen, wie sich das Dölein mit ausgebreiteten Armen wirklich erfreut auf die Schwägerin zubewegte, obwohl er doch im Auto noch etwas skeptisch über sie psychologisiert hatte.

Die kleine Sabrina (Lisels Enkelchen aus erster Eh´), von der es hieß, sie hätte sich ebenfalls so unbändig auf den Besuch gefreut, war zu Beginn sehr artig und zurückhaltend, und als wir später bei Pflaumenkuchen und Kaffee beieinander saßen, frug ich mich, ob dem kleinen Mädchen nicht vielleicht langweilig sei, da mir die Themen so wenig kindgerecht schienen (politische Aspekte des Flughafenbaus).

Einmal fühlte ich mich kurz etwas verloren an. Nett, aber auch ein bißchen hilflos hatte ich zum Anderle gesagt: „Setz dich neben mich, damit ich dich besser genießen kann!" Doch auf einkanalige Weise überhörte das Anderle meine Worte total.

Die Lisel hatte mir gleich so zupackend ein Kuvert gegeben, das ich nun für Kantor Hoffmann präparierte. Ich malte ein Männlein drauf das, dem heil´jen Petrus nicht unähnelnd, einen großen, geschmackvoll verzierten Schlüssel vor sich hertrug, und schrieb „Der Kirchenschlüssel" drüber. Die Lisel aber fand das zu gefährlich, und tief beschämt ob dieser infantilen Unreife präparierte ich ein weiteres Kuvert. Ein ganz normales, und stopfte dieses Kuvert hinein, so daß man jetzt nicht weiß, ob der Herr Hoffmann die Zeichnung wohl jemals bemerken wird?

Wir alle liefen zur Post, und die kleine Sabrina fuhr auf ihrem Radl vor uns her.

Die Dame auf der Post wirkte leider herb und spröd, so daß Onkel Dölein womöglich ein gänzlich verzerrtes Deutschlandbild mit nach Amerika nimmt? Die meisten Leute hierzulande sind mehr als freundlich, doch der Onkel scheint die vielen bedauerlichen Ausnahmen, die es eben auch gibt, magisch anzuziehen?

Unfassbar wär's jetzt gewesen, ich hätte meinen Autoschlüssel weggeschickt. *Beim Versuch das Auto aufzuschließen halte ich den vermeintlich abgesandten Kirchenschlüssel in Händen.*

Onkel Dölein lachte süß, über diese Eventualität, die sich doch später trefflich als erheiterndes Anekdötchen nutzen ließe.

Vor vielen Häusern dampfte ein Hundehaufen, - hochglanz oder auch seidenmatt - und die Erwachsenen empörten sich gemeinsam über diese Sauereien.

Ein in Blankenfelde lebender Hund heißt „Satan", wie ein Schild am Gatter verrät:

Hier wacht Satan

Ob dies wohl die Bürgerrechtler auf den Plan ruft? Man instrumentalisiert das arme Tier, und erntet blökendes Gelächter auf seine Kosten?

Wir spazierten durch den Wald, und lernten einen kleinen blauen Käfer kennen, der allerdings kurz nachdem man ihn begrüßt hatte in einem Erdloch verschwand.

Andi und Dölein unterhielten sich auf absorbiert wirkende Art über Themen, von denen wir Frauen nichts verstehen. Es fühlte sich an, als habe ich den Draht zu Onkel Dölein verloren, der jetzt neue Freunde gefunden hat. Also suchte auch ich mir eine neue Freundin: Die Lisel.

Mit frisch zusammengebündelten Gefühlen wandte ich mich meiner neuen Freundin zu, und dachte dabei an die wunderschöne Zeit mit Rehlein. Noch heute laufe ich immer neben Rehlein her und sage: „Erzähl weiter!" auch wenn Rehlein noch gar nichts erzählt hat. Doch ein erzählfreudiger Mensch wie Rehlein lässt sich nicht zweimal bitten.

Ob dies bei der Lisel wohl auch funktioniert?

„Lisel, erzähl weiter!" sagte ich frisch, und die Lisel erzählte von Amerika:

Ihr kleine Urenkel, der jetzt so etwa zwei Monate alt ist, wurde von ihrem unehelichen Enkel Sebastian und seiner dicken, erst 22-jährigen Maui-Frau gezeugt, und diese dicke junge Frau hat bereits eine achtjährige, ganz dicke, aber auch ganz freundliche Tochter. Die 20-jährige Schwester von der dicken Frau hat auch zwei Kinder, doch zur Zeit liegt sie mit einer Depression im Krankenhaus, so daß Lisels Tochter Petra bis auf weiteres das Baby dieser Frau mit der Flasche großzieht.

Die Sabrina, die in ihrem süßen Sommerkleidchen neben Omi Lisel herhüpfte, taute auf und wollte „Hund" spielen. Opa Andi nahm sie gar an die Leine.

Zwei Windspiele – gertenschlanke, fast zweidimensionale Hunde huschten vorbei, und es drohte ein Gewitter.

Schon prasselte ein Unwetter los, und wir fuhren eilig nach Hause.

Die kleine Sabrina hatte sich zum Spaß vorgenommen, im Rest des Lebens immer nur „Nein!" zu sagen, und Omi Lisel sagte verlockende Dinge wie: "Möchtest du nachher ein Stück Schokolade haben??" so daß es der Kleinen schwerfallen möge, auf dem Pfad der Verneinung zu bleiben.

Daheim wurde gekocht, und ich half, wenn auch etwas schülerhaft bei der Salatzubereitung, indem ich Gurken schabte und Champignons zerkleinerte.

Während der Zubereitung wurde ein kleiner Kümmelschnaps gereicht, da die lebenslustige und genußfreudige Lisel sehr gerne, und auch mal zwischendurch, einen Schnaps oder Likör zwitschert.

Zur Mittagsstund wurde ein köstliches Mahl serviert: Basmatireis mit einer pikanten Gemüsesoße, und besonders Onkel Dölein freute sich über die schöne Speise, da die in Amerika so was ja gar nicht kennen. Man helpt sich self, ernährt sich hauptsächlich von Müsliriegeln, gelegentlich wird in der Mikrowelle ein Bic-Mäc erhitzt, und noch gelegentlicher im Garten der Grill angeworfen, wo dann beispielsweise Würstchen und Chicken Wings gegrillt werden.

Ein bißchen verdrießlich war´s für Lisel und mich, daß die Herren so absorbiert waren, auch wenn wir je nichts sagten.

Zur Abendstund las ich der kleinen Sabrina Wilhelm-Busch Geschichten vor: „Plisch und Plum" und „Das Bad am Samstagabend".

Inspiriert von der Badegschichte gönnte sich die kleine Sabrina ein Schaumbad bei Kerzenschein, und saß dann später frisch gebadet im Schlafanzug bei uns Erwachsenen im Kuscheleck. Ich hatte meine Füße auf die Ada gebettet, die unter dem Tisch den Teppichvorleger gab, und die Ada fühlte sich so warm an.

Onkel Dölein erzählte Empörendes aus Amerika. Ich hörte jedoch nur mit einem Ohre hin, und machte mit der Sabrina ein Spiel: Ich malte Bilder, auf denen etwas fehlte, und die Sabrine mußte das Fehlende dazu malen.

Seit dem 16. Juli wohnt die Kleine bei Opa und Oma, so als müssten sich die Eltern eingestehen, sich mit drei Kindern hoffnungslos übernommen zu haben.

Samstag, 30. August
Blankenfelde (Berlin)

Nach grauem Beginn war es manchmal ganz schön,
wenn auch mit Wolken besudelt

Ich schlief in einen, wie man bereits mit geschlossenen Augendeckeln erfühlen konnte, regentrüben Tag hinein.

Geträumt hatte ich auch:

Daß ich kurz vor der Konzertreifeprüfung stand, und nun zur Aula eilte, um mich kund zu tun, ob´s wohl schon bald losginge? Man hatte vergessen, die Uhrzeit auf den Zettel zu schreiben, den ich in Buzens Hochschulspind gefunden hatte.

Der Weg von meiner Wohnung zur Hochschule führte über einen großen Acker, den es zu durchqueren galt, wobei die zierlichen Konzertschuhe, die ich bereits jetzt an den Füßen trug, höchst morastig und schwer wurden. Nach einer Weile waren die Schuhe so tief in den Acker gesunken, daß der Fuß bei jedem Schritt kurz aus dem Schuh herausgezogen wurde, nach welchem man sich nun krümmen mußte, um ihn unter schmatzenden Geräuschen aus der Erde zu ziehen und wieder über sein Füßlein zu stülpen.

Und dennoch stand die ganze Prüfungskommission zum Teil halb eingesunken, wie auf einer Gartenparty mit Sektgläsern in der Hand, in Plaudergrüppchen aufgeteilt auf dem Acker herum.

Durch diese Gesellschaft mußte ich mich mit meinem Violinkasten und den zu zerfleddern drohenden Noten unter dem Arm, die hinzu vom Winde hinfortgeweht zu werden drohten, hindurchquetschen. Doch niemand beachtete mich.

Buz hatte sein Unterrichtszimmer auf die vielen Asiaten abgestimmt. Die Backsteine um das Fenster herum waren entfernt worden, und das Zimmer befand sich zur Hälfte im Freien, da Buz der Meinung war, daß die Asiaten viel frische Luft bräuchten.

Mitten in Buzens Unterrichtszimmer befand sich ein kleines Sparpostamt. Darin saßen die Verwaltungsbeamten der Hochschule, allerdings überraschenderweise ganz klein im Puppenstubenformat.

Dann quoll ich ans Tageslicht.

Man hatte sich soeben erst erhoben, und der Onkel Andi hatte in warmer Freude über den Besuch den Frühstückstisch schon so wunderschön gedeckt, daß er von oben so verheißungsvoll aussah, als schwebe man über dem Paradies.

Wieder saß ich an meinem Stammplatz, eingekeilt zwischen Dölein und Sabrina. Wie ein stolzer Onkel wollte Onkel Dölein einen eher lauwarmen Scherz, den ich zuvor erzählt hatte, zum zünden bringen, doch mitten in der Erzählung merkte er, daß keiner gescheit herhörte. So erzählte er ihn schnell für mich zuende, obwohl ich ihn doch schon gekannt habe.

Wieder fertigte ich für die Sabrina eine Zeichnung an: Eine Schildkröte mit Stöckelschuhen, und bei dieser Artbeit konnte ich den Gesprächen der Erwachsenen nur ein halbes Ohr schenken. Ich wunderte mich allerdings, daß man sich, nachdem man einander seit Jahren nicht mehr gesehen hat, über die Struktur von Supermärkten unterhielt.

Onkel Dölein frug auf seine bezaubernde Art, ob es hierzulande vielleicht auch billige Discounter für Alte gäbe?

Die rustikale und bodenständig veranlagte Lisel versuchte dem Tag eine Struktur zu verleihen, doch mit den Rothfuß´s sei es furchtbar schwierig, stöhnte sie, und ich wiederum flocht schüchtern ein, daß ich dringend üben müsse. Auf meine ungesellige Art hatte ich mir schon ausgedacht, wie die Erwachsenen nach Berlin reisen, und ich den ganzen Tag auf sturmfreier Basis daheim bleibe und Geige übe.

Die Lisel meinte allerdings, drei Übstunden seien genug für mich.

Onkel Dölein, der eher gemütlich denn bildungshungrig veranlagt ist, zeigte keine übermäßige Lust auf Besichtigungen und Schönfindereien, und sprach sogar von jenem Herrn aus einem Loriot-Sketch, der ganz einfach nur dasitzen wolle.

Andi und Lisel fuhren zum Einkaufen.

Im Gästezimmer packte ich die Violine aus, und schon bald füllte der sametweiche Klang den Raum.

Onkel Dölein klimperte nebenan am Computer herum, und die kleine Sabrina saß auf einem Schemel in Döleins Aura und wartete geduldig und artig darauf, daß ich zuende geübt haben möge…einmal tapste die Ada ganz müde die

Treppen herauf. Offenbar übt Onkel Dölein eine gewisse Sogwirkung auf sie aus.

Entfernt sich der Onkel in einen anderen Raum, so folgt ihm die Ada nach einer Weile hinterher. Man weiß ja: Tiere lieben schüchterne, gefühlvolle, reife Herren.

Später rafften wir uns denn doch zu einem Tagestrip nach Berlin auf. Die Ada blieb daheim und sah beim Abschied so traurig aus.

An der S-Bahn-Stelle freute man sich sehr darüber, daß eine Gruppenkarte bloß 15 €uro kostet.

„Sie sind klasse!" sagte die Lisel auf ihre nette rustikale Art zu der Frau am Schalter, „Sie dürfen da bleiben!"

Bald darauf saßen wir gemütlich als Gruppe mit Kleinkind in der S-Bahn. An der Wand konnte man auf einem Ketchup-Reklame-Poster („Quetsch-up!") eine Art „Susi Sorglos" sehen. Eine beneidenswert fröhliche und gutaussehende junge Frau, und ich erzählte dem Dölein, daß mich diese Dame so an meine angeheiratete Tante Gabi erinnere.

(Übertrieben natürlich, da die Gabi auch keine zwanzig mehr ist, doch ich genoss den Blick ins Familienalbum der Gegenpartei durch die Sinne des Onkels.)

Wir fuhren bis zum Potsdamer Platz, wo der Andi im Menschengewimmel der Millionenstadt seine Arbeitskollegin Karin traf. Eine schicksalsgeprüfte Dame, die unlängst neben ihrem in der Nacht erkalteten Mann erwachte.

Wir bestaunten ein kleines stehengebliebenes und nach Art einer Toilettenwand beschmiertes Stück Mauer, und trotz meiner vierzig Jahre wußte ich noch immer nicht, ob wir nun im Westen oder im Osten stehen? Im Westen, erfuhr ich, so daß man über die Leute, die jetzt mondkalbsartig herbeiströmten sagen konnte, sie hätten alle rüberjemacht.

In einem Kaufhaus kaufte ich Scherzbonbons: Der Lutschgenuss beginnt mit köstlichem Zitronengeschmack und verwandelt sich mit der Zeit in einen Knoblauchgeschmack. Mit Chili gab es sie auch. Diese Idee fand ich sehr nett, doch die blau eingewickelten Bonbons wiederum wären mit Seife gefüllt gewesen, und das wiederum fand ich blöd.

Die Lisel wünschte sich eine Currywurst, und Lisels Genussfreudigkeit gefiel mir. Einmal frug ich sie, ob ich nun wohl nach Knoblauch röche?

„Du riechst nicht, du stinkst!" sagte die Lisel auf ihre rustikale Art.

In der Nähe der Gedächtniskirche hatte sich ein alter Opa über und über mit Pappdeckeln behängt, auf denen fromme Worte zu lesen waren.

„Es steht doch alles so klar und deutlich in der Bibel – und keiner liest´s!" grölte er beim Laufen.

Wir saßen vor dem Möwenpick im Freien, und es hätte eigentlich ausgesprochen paradiesisch sein können, wenn sich nicht plötzlich ein Gedanke in mein Hirn festgezwickt hätte - ausgelöst durch eine lustig dahingeworfene Bemerkung vom Anderle.

Ob ich wohl *wirklich* sicher sei, daß das Konzert nicht doch schon heute ist?

Obwohl ich meine dramatischen Gefühle nach Außen hin im Zaume hielt, war die Lisel so nett, und lief mit mir zunächst noch mal zur Gedächtniskirche, wo´s vielleicht den Plan „Musik in Berlins Kirchen" gegeben hätt´. Doch Pustekuchen!

Nervös geworden begaben wir uns im Sauseschritt zur Theaterkasse am Bahnhof Zoo, während Dölein und Anderle am Springbrunnen auf uns zu warten versprachen. Mir war es vor der Lisel so peinlich, und ich fühlte mich wie ein hirnloses Frauenzimmer, das durch einen Roman von Franz Kafka geistert.

Sehr viel später wurde uns in einem Illustrierten-laden Gewissheit zuteil, daß das Konzert erst morgen stattfindet, und ich fühlte mich mit einem male federleicht und fröhlich, weil mein Name, wenn auch klein, im Berlin-Programm steht!

Am frühen Abend fuhren wir nach Blankenfelde zurück, um den Tag im griechischen Lokal „Dionysos" zu beschließen. Ich lief neben der Lisel mit ihren schönen Ohrringen her, und kurz vor dem griechischen Lokal gab´s einen Regenguß, oder auch einen regen Guß, wie das Anderle vergnügt scherzte.

Wir waren am Ende eines langen Tages angelangt, doch zuweilen stelle ich mir vor, eine Eintagsfliege zu sein, die somit am Ende eines langen Lebens angelangt war. Und tatsächlich: Während man sich in einer gewissen Behäbigkeit am Tische niederließ, um die Köche und Kellner für sich springen und hüpfen zu lassen, fühlte ich mich wie eine ältere Dame im Gnadenalter, die gekommen war, um ihren neunzigsten Geburtstag zu feiern. Eingezwängt zwischen Andi und Sabrina fühlte ich nichts als Dankbarkeit. Uns gegenüber saßen Dölein und Lisel, je mit frohem Gesicht, und zwischen den beiden blitzte die kleine Statue einer griechischen Göttin, die auf zärtlich versonnene Weise eine Lyra bezupfte.

„Ich nehm´ das Gleiche wie der Opa!" sagte ich, und meinte damit das Anderle, doch dann aß ich doch was anderes: Eine flambierte Speise, die am Tisch in Brand gesetzt wurde, und aufloderte wie einst der Pfarrer Brüsewitz.

„Auf dem Programm für morgen muß stehen: „Die flambierte Geigerin"!" scherzte mein Eßnachbar Andi so süß, und aus seinem fröhlich lachenden Gesicht schaute einen der Opa an.

Über den Andi hatte ich heute schon sehr nachgedacht: Nämlich darüber, daß er so ungeheuer anders ist als ich, daß man es kaum glauben möchte, daß man verwandt sein soll. Und die Uta ist auch so anders als ich, und vielleicht sogar noch anderser als das Anderle, und es ist eigentlich kaum zu fassen, wie anders als Andere alle sind!

Auf dem Heimweg rannte ich der Sabrina hinterher, doch die Ada zwickte mich in meinen Pullover, um mir meine Grenzen aufzuzeigen, und warf sich schützend auf die Sabrina, die heute von Omi Lisel eine Kette mit der Aufschrift „Love" gekauft bekommen hatte, die am Abend allerdings leider verschwunden war, so daß aufgeregt und vergebens daran herumgesucht wurde.

Ganz zum Schluß saß ich mit Andi und Dölein noch im Kuscheleck, und die Ada bekam ein wenig Schokolade. Das bezaubernde Anderle holte seinen Fotoapparat, um den frohen Ausdruck des Hundes für die Ewigkeit einzufangen. Doch die Ada hätte so gern noch ein zweites Stückchen bekommen, legte den Kopf barmend schräg auf Andis Knie, und schaute so tröstungsbedürftig drein, daß man schon ein Herz aus Stein hätte haben müssen, ihr den kleinen Wunsch nach einem weiteren Stückchen zu verwehren.

Sonntag, 31. August

Hie und da sonnig, so jedoch nicht wolkenfrei

Ich erhob mich, trat an Land, und wenig später sah man uns bereits am Frühstückstisch sitzen.

Einmal rief Lisels Bruder Fritz aus Hamburg an, dieweil sich die Geschwister allesamt in der Rückblicksphase befinden. Die Lisel strahlte über ihr ganzes liebes Gesicht, während man sich seine kleinen Erlebnisse, Freuden und Kümmernisse erzählte und anvertraute.

Ich genoss das schöne Frühstück, auch wenn der Kaffee ein bißchen zu stark war, und ich mir nach einer Weile vorkam, wie ein fauler, wenig vorbildlicher Mensch, der beständig nur herumsitzt.

Onkel Dölein meinte, daß die kleine Sabrina doch wohl viel besser gedeihen würde, wenn sie hier bei Andi & Lisel aufwüchse? Nach nunmehr fast zwei Monaten haben Andi & Lisel sich doch an ein Leben mit der Sabrina gewöhnt, während sich Wolfgang & Dana wiederum an ein Leben ohne die Kleine gewöhnt haben!

Wir erfuhren, daß der Wolfgang oftmals grantig sei, während die Dana ein ganz einfaches rumänisches Bauernmädchen ist: Strohdumm, abergläubisch und stockkatholisch. Gebannt lauschte ich den Psychologaten der Erwachsenen, doch die Sabrina bettelte ständig herum, daß ich mit ihr zeichnen solle.

Nach einer Weile zeichnete ich gutmütig zwei Bilder: Ein Schwein, das sich mit seinen Füßlein das danebenstehende Bein kratzt, und ein Aquarium, wo die Blubberblasen der Fische den Passus: „Hallo Onkel Dölein!" ergaben.

Nach dem Frühstück übte ich auf meiner Violine für das abige Konzert. Doch ständig kam die Sabrina vorbei und sagte Dinge wie: „Wie lange spielst du noch?" oder „Warum spielst du denn noch weiter?" Ab und zu saß sie aber auch ganz brav da, und zeichnete.

Vor dem Essen hatte der Onkel Andi damit angehoben, einen Brief zu Lindaleins Hochzeit niederzutippen, und ich fand den Brief so bezaubernd und warm:

"Ein kleines Vöglein hat mir gezwitschert…" begann der süße Onkel seinen dichterischen Erguss, und kam ganz lange nicht zum Mittagessen, so daß die Lisel davon ein wenig grantig geworden ist.

„Ich mußte nur noch diesen einen Gedanken zuendeformulieren!" sagte das Anderle als er nach langer Zeit die Treppe herabkam, auf schlichte und entwaffnende Weise, so daß die Lisel von einer Weiterzürnung absah.

Die Liesl hatte so nett für uns gekocht. Es gab Bohnen, Kartoffeln, Cordon bleu und zum Nachtisch Pfirsiche mit Vanillesoße.

Wir unterhielten uns angeregt, und ich freute mich so, daß sich die Lisel in diebischem Vergnügen darüber amüsierte, daß der 17-jährige Hinnerk bei der Nachbarschaftsfamilie Oldwin mit Mutter und Tochter etwas anfing, und von Familienoberhaupt Udo mit Schimpf und Schande über den Hof gejagt wurde.

Diese brisante Geschichte entblätterte sich mir durch größten Zufall viele, viele Jahre später – Hinnerk war mittlerweile Familienvater und verbrachte die meiste Zeit seines Alltags leicht gekrümmt hinter dem Computer.

„Darf ich deine Liebesbriefe lesen?" frug ich, da mir ein wenig langweilig war.

Der Hinnerk ist ein ganz lieber, sehr lockerer Mensch, und brachte mir zwei Aktenordner. Darin befanden sich Liebesbriefe von Frau Oldwin, gespickt mit Sätzen einer reifen Frau, da sich der 17-jährige Hinnerk offenbar als Frauenflüsterer erwiesen hat? („…etwas, das mein Mann mir in all den Jahren nicht geben konnte…") und unreif blumige in schnörkeligsten Formulierungen abgehaltene Briefe ihrer Tochter Gunhild.

Die beiden Briefeschreiberinnen wußten von dem jeweiligen Geheimnis der anderen womöglich nichts, und doch lagen ihre Liebesbriefe gemeinsam im Postkasten. Es war ein Traum der verhärmten Hausfrau Gunda O. von ihrem Mann mit einem 17-jährigen im Bett erwischt zu werden, aber ob sich dieser Traum erfüllt hat, wissen wir nicht.

Nach dem Essen setzte auch ich mich an Andis PC, doch beim ersten Anlauf tippte ich nur finsteres Zeug. Ich tippte das nieder, was ich wirklich dachte:

"Liebstes süßes Lindalein! Bald darf ich dich wohl nicht mehr so nennen, da du ja zu einer amerikanischen Ehehälfte mutierst, und uns im Grunde nichts mehr angehst…" Die Sabrina neben mir wollte dauernd mitten in die Sätze hinein ihren Namen tippen, und das Anderle stand einmal neben mir und schaute so ernst auf meinen Text drauf, daß mir richtig schwer ums Herz wurde. Warum bin ich nicht auch so ein liebevoller Mensch mit einem so reinen Herzen wie es der Andi ist? Doch vielleicht schaute der Andi auch bloß so ernst, weil er aufpasste, ob die Sabrina wohl die richtigen Tasten trifft?

Jedenfalls löschte ich alles wieder hinweg, tippte den Brief nochmals, und diesmal wurde es ein munkeleswarmer gewöhnlicher Hochzeitsbrief (ganz nett).

Vor dem Konzert lernten wir eine Sinologin kennen, die davon sprach, daß drei ganz internationale fromme Gäste erwartet würden: Ein dicker Herr aus Namibia, ein eher drahtiger aus Papua-Neuguinea und ein Chinese!

Wir als Familie waren in dieser Kirche ganz eng zusammengewachsen. Als Kantor Winkler mit dem Schlüssel kam - ein Mann, dessen Ausstrahlung in Wirklichkeit besser ist, als am Telefon, wo er sich eher eilig und kurz angebunden zu geben pflegt - stellten sich Andi und Dölein so nett und übermütig mit „Onkel Andi" und „Onkel Dölein" vor.

„Und das ist die Tante Lisel!" sagte das bezaubernde Anderle und deutete auf die Lisel, die zusammen mit der Sabrina in der Bank Platz genommen hatte.

Onkel Dölein wiederum hatte sich schon Gedanken gemacht, wie toll das wirken würde, wenn ich den Chinesen öffentlich auf chinesisch begrüßte.

Dies Ansinnen erinnerte mich so an Opa und Rehlein, so daß ich´s schon fast gemacht hätte.

Doch es war ja bloß ein vereinzelter, entwurzelter Chinese, dem das vielleicht peinlich gewesen wäre und so schwieg ich, und ließ die Musik für mich sprechen.

Personenregister:

Ada, Hund von unserem Onkel Andi (*2000)
Anna J., (*um 1970) ehem. Studentin Buzens
Andi, Onkel mütterlicherseits in Blankenfelde (*1949)
Andreas, Ehepaar, befreundete Eheleute in Grebenstein (*1920 / 1926)
Antje, Frau von meinem Großvetter Martin im Harz (Geburtsjahr unbekannt)
Arthur, lieber Freund in Ostfriesland (*1962)
Axel, (*um 1970) Bratschenspieler
Bärbel, (*1938) Nachbarin in Aurich
Britta, (*1970) ehem. Studentin Buzens
Budde, Herr, (*1935) Musikgelehrter
Christian, (*1963) alter Freund
Christoph, (*1965) lieber Freund in Aurich, Cellist, Komponist, Lehrer und Dirigent
Daaje, (*1994) Tochter von Mings Exe Gerswind
Dana, (*um 1977) Schwiegertochter von unserer Tante Lisel
Dodik, Bläser im Musikalischen Sommer (Geburtsjahr unbekannt)
Dölein, (*1936) Lieblingsonkel in Amerika
Döner, Herr, Dirigent aus Graz
Doris, (*1982) Studentin Buzens aus Trossingen
Dorn, Frau, (1923 – 2003) ehem. Rektorin des Auricher Gymnasiums
Edith, (*1942) Dame, die im Haus gegenüber von der Oma Ella lebt
Erika, (*1963) Ehefrau von meinem alten Freund Christian
Friedel, (*1962) mein Lieblingsvetter in Bonn
Fritz, (*1970) Mann von Mings Exe G.
Gerswind, (*1964) Exe Mings
Girardot, Frau, (*1935) alte Freundin von Rehlein und Buz aus Paris
Gloria, Studentin Buzens (*1977)
Groll, Herr, Nachbar in Aurich (Geburtsjahr unbekannt)

Großmann, Familie, Achim, Gitarrist in Fischerhude (*1953), Inga (*1970) Judith (*1998) und Ludmilla (*2003)

Hartmut, (*1945) Onkel väterlicherseits aus Münster

Hilde, (*1964) Exe Buzens

Ina, (*um 1982) hübsches junges Fräulein von gegenüber (in Aurich)

Irma, (*1937) Witwe von Opas Bruder Otto in Kiel

Ivo, (*um 1955) Geiger in einer Popband, und im Streichquartett von Rehlein & Buz

Julia (Julchen), (*1983) Mings neue Liebe

Kebap, Professor, (*um 1953) höchst kritischer Professor in Trossingen. Name leicht geändert

Kleinberg, Herr, Blasprofessor aus Trossingen (Name vom Japanischen ins Deutsche übersetzt) Geburtsjahr unbekannt

Kogan, Leonid, bedeutender Geiger zur Sowjetzeit (1924 – 1982)

Linda(lein), (*1973) älteste Tochter von unserer Tante Bea in Kalifornien

Letizia, (*1965) Tochter von unserer Tante Uta in Rom

Lisa, (*1976) zweite Geigerin im von Buzen domptierten „Jade-Quartett" (eine Koreanerin)

Lisel, (*1932) Ehefrau von unserem Onkel Andi in Blankenfelde/ Brandenburg

Luisa, (*1980) hübsches junges Fräulein in Aurich

Lüvers, Frau, (*1937) <u>ganz</u> nette Frau in Aurich

Margarethe, (*1972) Cellistin aus dem Schwabenland

Maria, (*1966) neue Schülerin von mir

Martin, (*1958) Sohn von unserer Tante Irma in Kiel

Mechthild, Geigerin aus Ostfriesland (*um 1978)

Nora, (*1966) Studentin Buzens

Novakova, Frau, tschechische Klavierspielerin, die Buz in Musikalischen Sommer als Korrepetitorin für seine Schüler nutzte. (Geburtsjahr unbekannt)

Omar, (*1972) der Neue an der Seite von Buzens Exe Hilde

Ottens, die Familie im Hause gegenüber in Aurich

Peter, (*1947) Spezi Buzens

Priwitz, Alma und Bärbel, (*1911/1938) Mutter & Tochter nebenean

Reimers, Rektorenehepaar in Trossingen (*1941/*1942)

Rosa, (*1964) die Neue an der Seite von unserem Vetter Friedel

Sabrina, (*1997) Enkelin von unserer Tante Lisel

Sharon, Geigerin aus New York (*um 1975?)

Schröders, Vermieter und Wohnungsnachbarn unserer Oma in Grebenstein

Theo S., junger Schauspieler (Geburtsjahr unbekannt)

Ulrike, künstlerische Direktorin einer Schauspielgruppe

Uta (Utelchen), (*1936) Tante mütterlicherseits

Ute M., (*1963) liebe Freundin in Herrenberg, Baden Würtemberg

Wolfgang, Bruder von unserer Tante Lisel

Wies, Frau, (*1940) Dame, die sich um die Oma in Grebenstein kümmerte

Xie, (*1957) ehem. Kommilitone aus China. Sänger

Yossi, (*1947) Spezi Buzens. Bratscher und Genie

Und weiter geht´s im nächsten Band.

Erscheint am 1. August 2022